Dominazione erotica e
sottomissione
Vol. 5
Erika Sanders

Dominazione erotica e sottomissione
Vol. 5

Erika Sanders
Serie
Collezione di dominazione erotica

Prima edizione: 2025

Sinossi

Questo volume contiene tre titoli BDSM romantici ed erotici ad alto contenuto.

- La fotografa BDSM:

Julia è una fotografa professionista a cui piace immortalare i momenti importanti della vita delle persone attraverso le sue fotografie.

Mentre era nel suo studio, svelando le ultime foto che aveva scattato a una famiglia, un nuovo cliente è entrato nei locali.

Questo cliente, un dirigente molto ben posizionato e famoso, ha un incarico non convenzionale per Julia: fotografare scene per adulti.

Julia è riluttante ad accettare questo incarico, ma l'offerta del dirigente è molto succulenta ...

- Donna dirigente molto dominante e caldo:

Richard Carrington è il proprietario di un'azienda che ha gravi problemi finanziari.

Potresti non essere in grado di far pagare la fine del mese dei tuoi dipendenti a causa di ciò.

L'unica soluzione per salvare l'azienda è un bellissimo dirigente che propone un patto: soldi in cambio di un favore

Quanto sarà disposto a spendere Richard in cambio della possibilità di mantenere a galla la sua compagnia?

- Dominatrix, consulente matrimoniale:

Rachel e Roger sono una coppia normale sposata da vent'anni.

I loro figli sono già al college, quindi vivono da soli a casa.

Ma il marito non è soddisfatto dei suoi rapporti sessuali, che trova noiosi, così decide che dovrebbero chiedere il parere di un consulente matrimoniale molto particolare.

Chi è questo consulente matrimoniale che Roger raccomanda in particolare a sua moglie per migliorare le sue ... tecniche sessuali?

La fotografa BDSM, Donna dirigente molto dominante e caldo e **Dominatrix, consulente matrimoniale**, sono storie con un forte contenuto erotico BDSM e, a loro volta, appartengono anche alla raccolta Erotic Domination, una serie di romanzi ad alto contenuto BDSM.

(Tutti i personaggi hanno 18 anni o più)

Nota dell'autrice:

Erika Sanders è una scrittrice di fama internazionale, tradotta in più di venti lingue, che firma i suoi scritti più erotici, lontani dalla sua solita prosa, con il suo cognome da nubile.

Indice:

DOMINAZIONE EROTICA E SOTTOMISSIONE VOL. 5
ERIKA SANDERS

LA FOTOGRAFA BDSM

PRIMEIRA PARTE
A oferta de emprego

CAPITOLO 1

Julia sedeva nella stanza buia del suo piccolo studio fotografico mentre sviluppava immagini fotografiche.

La fotografia è sempre stata la sua passione e lei l'ha trasformata nella sua carriera.

La trentenne osservò attentamente mentre le immagini venivano completate.

Li ha appesi ad asciugare e si è presa un momento per ammirare il suo lavoro per una famiglia amorevole.

Julia interruppe il suo lavoro quando sentì suonare il campanello dopo l'apertura della porta.

Andò alla reception e vide una donna esecutiva sulla quarantina, vestita come qualcuno che lavorava in un ufficio molto elegante.

"Buon pomeriggio", disse Julia con un caldo sorriso. "Benvenuti nel mio studio fotografico. Mi chiamo Julia. Come posso aiutarti ?"

La donna professionale sorrise di rimando.

"Ciao Julia. Mi chiamo Catherine."

Si strinsero la mano mentre Julia era in piedi dietro il bancone.

"Piacere di conoscerti, Catherine. C'è qualcosa che posso fare per te oggi ? Stai cercando qualcosa in particolare ?"

"In realtà lo sono. Adoro il tuo lavoro. Penso che tu sia bravo a scattare ritratti e catturare momenti speciali."

Julia arrossì.

"Grazie. Sei qui per una raccomandazione ?"

"Effettivamente ricerca. Penso che le immagini che hai sul tuo sito web siano fantastiche. Sei una donna di grande talento."

"Faccio il meglio che posso".

"Quindi come funziona questo processo?" Chiese Catherine. "Le persone ti contattano, ti dicono quello che vogliono e poi scattano foto di loro? Ovviamente non sono nuovo a questo."

"Di solito funziona così. A volte le persone vengono nel mio studio se vogliono fare ritratti o altre volte mi assumono per tornare a casa."

"Che tipo di foto fai di solito?"

"Dipende", rispose Julia. "Se devo uscire, di solito è per matrimoni, cerimonie, lauree, cose del genere. Nel mio studio di solito faccio ritratti di famiglia."

"Ti dispiace se ti faccio una domanda personale?"

"Avanti."

"Guadagni molti soldi facendo questo?"

"È una vita dignitosa."

"Julia, non perderò il tuo tempo" disse Catherine in tono professionale. "Sto cercando di assumere un fotografo per una serie di servizi fotografici. Pagherò buoni soldi e richiederò la massima discrezione. Tutte le immagini saranno orientate agli adulti."

"Questo non dovrebbe essere un problema", rispose Julia con sicurezza. "Prima ho fatto molto lavoro nudo. Sono a mio agio con questo genere di cose."

"Che tipo di esperienze hai al riguardo?"

"Ho frequentato alcune lezioni di nudo artistico al college. Nella mia carriera fotografica ho scattato sensuali ritratti di nudo femminile. È una richiesta abbastanza comune. Presumo che tu voglia qualcosa del genere."

Catherine sorrise.

"Non del tutto. Quello che faccio implica un po 'più di erotismo."

"È pornografico?" Chiese Julia con cautela.

"Non sono una persona a cui piace etichettare le cose. Esploro i limiti della sessualità umana in un modo molto particolare. Ho amici speciali e vorrei che documentassi alcune delle nostre sessioni con il tuo set unico di abilità. Come fotografo "

Julia era un po 'perplessa.

"Non posso. Mi dispiace. Senza offesa, ma probabilmente non avrei potuto fare del mio meglio in quell'ambiente."

Catherine prese la borsa e mise un biglietto da visita sul tavolo.

"Grazie per il tuo tempo," rispose Catherine educatamente. "Come artista, speravo che avessi una mente aperta a tutte le forme d'arte che coinvolgono il corpo umano. Se sei curioso di quello che faccio, chiamami. Spero ancora che alla fine potremo lavorare insieme. Buona giornata."

"Anche tu. Grazie per essere venuto. Mi scuso per non essere stato in grado di aiutarti."

"Non scusarti. Questo non è per tutti. Sul retro della mia carta ho scritto l'importo che avrei pagato per i tuoi servizi. Pensaci."

Detto questo, Catherine si voltò e lasciò il piccolo studio.

Era stata l'offerta più insolita che Julia avesse ricevuto da quando aveva iniziato la sua attività di fotografia.

Non era mai stata sollecitata per qualcosa di apertamente sessuale prima.

Prese la carta e la guardò.

Con sua sorpresa, Catherine ricoprì una posizione di alto livello presso un'importante banca di investimento in città.

Julia girò la carta e vide il prezzo che Catherine era disposta a pagare, e fu sorpresa.

CAPITOLO 2

Più tardi stava pensando quella notte.

La curiosità era ancora nella mente di Julia prima di andare a letto, nonostante una parte di lei volesse stare lontana da Catherine.

Andò nella spazzatura dove l'aveva gettata via e tirò fuori il biglietto da visita di Catherine, che lo aveva trasformato in una palla.

Lo spiegò e diede un'altra occhiata.

Quindi andò al suo computer per una rapida revisione.

Dopo una breve ricerca, Julia ha trovato la pagina LinkedIn di Catherine.

Catherine era una donna d'affari di grande esperienza con una posizione elevata in una grande banca di investimento.

La quantità di esperienza che Catherine ha avuto ad alto livello è stata sorprendente per Julia.

Julia ha continuato la sua ricerca online e ha trovato la pagina Facebook di Catherine, aperta a tutti.

Guardò attraverso le foto personali della donna d'affari.

Catherine era bellissima, elegante, sofisticata, con un'aura dominante.

Julia si chiedeva perché una donna del genere fosse interessata a scattare fotografie esplicite.

Ma ovviamente ognuno ha i suoi segreti, pensò Julia.

L'intrigo era abbastanza per Julia per cambiare idea.

Dopo tutto, quanto possono essere squallide queste immagini?

Sicuramente dovevano essere di buon gusto.

Aprì la sua e-mail e scrisse a Catherine un messaggio:

Ciao Caterina

Spero ti stia divertendo. Sono Julia dello studio fotografico. Ho pensato molto alla tua offerta e potrei riconsiderare la mia posizione sull'argomento, se sei ancora interessato a lavorare con me. Ma prima ho alcune domande. C'è un momento appropriato in cui possiamo parlare al telefono? O desideri continuare a comunicare via e-mail? Fammi sapere.

Attenzione,

Julia "

Guardò l'orologio, ed erano già le venticinque di notte.

Julia spense il computer e diede un'altra occhiata al biglietto da visita.

Lo rigirò e guardò il biglietto scritto a mano di Catherine: cinquecento dollari l'ora.

Era diventata più curiosa solo quando andava a letto.

CAPITOLO 3

La mattina seguente fu una tipica mattinata per Julia.

Quando non c'erano clienti o clienti nel suo piccolo studio, trascorreva il suo tempo nella camera oscura a sviluppare altre foto.

Era un lavoro noioso, ma le piaceva.

Quando ebbe finito, lasciò la stanza buia e guardò il suo laptop sulla sua scrivania.

Ci sono state diverse nuove e-mail.

Gli occhi di Julia scrutarono brevemente l'elenco dei messaggi, principalmente legati al lavoro.

Ciò che attirò immediatamente la sua attenzione fu la risposta e-mail di Catherine.

Lo ha aperto:

Julia

Sono contento che tu abbia riconsiderato la mia offerta. È meglio se ci incontriamo di persona per discuterne. Vieni nel mio ufficio venerdì alle otto del mattino. Prenderò un appuntamento per te e il mio segretario per farti entrare.

Catherine "

La breve e-mail fu più che sufficiente per suscitare nuovamente l'interesse di Julia.

Prese la borsa per cercare nel biglietto da visita di Catherine l'indirizzo del suo ufficio in centro.

Usò Internet e cercò le indicazioni per arrivarci da casa sua e si assicurò di mantenere il suo programma chiaro per venerdì mattina.

SECONDA PARTE
La stanza della schiavitù

CAPITOLO 4

Julia era nervosamente in piedi nell'ascensore mentre saliva nel grande edificio.

Indossava una camicia abbottonata con una gonna da ufficio per apparire appropriata nell'ambiente aziendale.

Quando l'ascensore finalmente raggiunse il pavimento, Julia cercò timidamente l'ufficio di Catherine nella strana area per lei.

Quando la localizzò, si avvicinò a un giovane segretario che gli permise di entrare nell'ufficio.

Silenziosamente deglutì quando entrò e si rese conto di aver appena interrotto il lavoro di Catherine, qualunque cosa fosse all'epoca.

"Per favore, siediti," disse Catherine educatamente da dietro la sua scrivania. "Sono contento che tu abbia cambiato idea su una possibile relazione."

Julia si sedette e si rilassò.

"Beh, ci ho pensato e ho capito che probabilmente è qualcosa di buon gusto."

"Guarda il mio ufficio. Certo, tutto ciò che faccio è di buon gusto", ha detto scherzosamente la donna d'affari.

"Posso assolutamente vederlo."

"E sono sicuro che i soldi che offro ti hanno aiutato a convincerti, è corretto?"

Julia arrossì.

"Fa parte di esso."

"Bene" concordò Catherine. "Apprezzo la tua onestà. Non c'è vergogna nel volere più soldi."

"Il denaro è sempre buono. Non sono esattamente ricco. Ma più di ogni altra cosa, amo l'arte della fotografia. Adoro catturare immagini di persone che dureranno una vita. Sembri una persona davvero interessante e raccontare la tua storia con le mie foto è stato un'opportunità che non sono riuscita a lasciarmi sfuggire. "

"Sapevo che stavo scegliendo la donna giusta per il lavoro" sorrise Catherine.

"Ti dispiacerebbe darmi un'idea di quello che vuoi? Capisco il tuo bisogno di discrezione dato l'argomento. Ma a questo punto, mi piacerebbe sapere in cosa mi sto cacciando."

"Conosci la schiavitù e lo stile di vita BDSM?"

Julia fu sorpresa.

"Sì, lo sono."

"Cosa puoi dirmi a riguardo?"

Julia ci pensò un momento.

"Non molto. Conosco solo le cose da cliché che vedo in TV. Sai, fruste, catene, pelle. Questo genere di cose."

"Questo è solo un piccolo aspetto del feticcio", ha spiegato Catherine. "Il vero BDSM riguarda il dominio e la sottomissione. Si tratta di perdere potere e donarsi completamente a un'altra persona. Sicuro e consensuale, naturalmente. Fruste e catene sono semplici strumenti per raggiungere un obiettivo specifico."

"È, come, un'amante o qualcosa del genere?" Chiese Julia in tono timido.

"Non mi piacciono le etichette. Ma penso che si adatterebbe a quella descrizione. Ti dà fastidio?"

"Niente affatto. Umm, penso che l'empowerment femminile sia una grande cosa."

"Anch'io," concordò Catherine. "E vedrai un grande potenziamento femminile quando verrai nella mia stanza speciale. La maggior parte dei miei sottomessi sono potenti uomini d'affari nella loro vita quotidiana. Si preoccupano di farmi inginocchiare in privato."

"E tu?"

"Io cosa?"

"Ti presenti anche tu?" Chiese Julia.

Catherine sorrise.

"Certo che lo so. Non lo farei se non amassi ogni secondo."

"Come funziona? Voglio dire, vengono a trovarti? E allora? Li colpisci o qualcosa del genere?"

"Ho una stanza di schiavitù speciale nella mia soffitta", rispose Catherine. "Incontro diversi sottomessi dal mondo aziendale. È qualcosa di esclusivo. Di solito nei fine settimana. Solo per un'ora."

"Perché un'ora?" Chiese Julia.

"È il periodo di tempo perfetto, secondo me. Se durasse troppo a lungo, le cose inizierebbero a fare male, in modo negativo. Se fosse troppo breve, non ci sarebbero abbastanza preliminari per costruire le cose. Un'ora è il tempo perfetto per costruire un climax incredibile ".

"Sembra provocatorio."

"Aspetta di vederlo" disse Catherine. "Indosso una maschera d'oro. È come un alter ego che ho. Una volta che la maschera è accesa, divento una persona diversa. Se le persone pensano che io sia una cagna in ufficio, aspetta che tu sia nella mia stanza di schiavitù con me con la maschera e una frusta in mano. Divento qualcosa di completamente diverso. "

Julia era attratta da Catherine.

Era un nuovo mondo di libertà sessuale senza le restrizioni delle inibizioni personali.

Lo respinse in qualche modo, ma allo stesso tempo era completamente affascinante.

Non vedevo l'ora di vederlo e catturarlo sulla fotocamera.

"Vuoi che fotografi l'intera esperienza, vero?" Chiese Julia, per chiarire.

"Voglio che tu fotografi tutto tranne i volti. La discrezione è della massima importanza, poiché i miei sottomessi sono per lo più individui facoltosi. Non ti sarà permesso di sapere chi sono. Saranno sempre mascherati."

Le dita di Julia si mossero nervosamente.

"Sarò onesto. Tutto questo mi sembra strano. Non mi è mai stato chiesto di far parte di qualcosa di simile prima. Non ho mai visto queste cose in video, il che non significa che non ho visto la pornografia. Tutto è molto nuovo per me."

"Allora ti invidio", rispose Catherine.

"Davvero perchè?"

"Perché lo esplorerai per la prima volta, con occhi vergini."

"Sarà sicuramente così", rispose Julia.

"Dimmi, sei soddisfatto della tua vita sessuale?"

"Cosa intendi?"

"Sei sessualmente soddisfatto?" Chiese Catherine senza mezzi termini. "Ti cum come vuoi? Ti piacerebbe avere orgasmi migliori? Vuoi qualcuno che ti frega il corpo e l'anima?"

Julia fu sorpresa dalle rispettabili domande della donna d'affari.

"La mia vita sessuale potrebbe essere migliore", ha ammesso. "Sono single. Non esco da molto tempo. È il prezzo personale che pago per gestire la mia attività."

"Quindi probabilmente ti masturbi molto."

"Più o meno."

Catherine prese una penna e un blocco note e iniziò a scrivere.

Una volta finito, consegnò il biglietto a Julia.

"Questo è l'indirizzo del mio appartamento" disse Catherine. "La prossima sessione è sabato alle dieci di sera. Non fare tardi. Sarai pagato cinquecento dollari per l'intera ora. Scatta foto di ciò che vuoi, tranne i volti o qualsiasi cosa che possa essere usata per identificare qualcuno. Le immagini mi appartengono esclusivamente. Quindi non pubblicarle da nessuna parte. Il mio segretario avrà un contratto e moduli di riservatezza pronti da firmare quando lasci il mio ufficio. Per ora sarà tutto ".

Julia si alzò in piedi.

"Grazie. Attendo con impazienza il nostro incontro di sabato."

Anche Catherine si alzò e le due donne si strinsero la mano per chiudere informalmente l'accordo.

"Un'altra cosa, indossa un bel vestito quando vieni. Voglio che tu abbia un bell'aspetto."

Lo sguardo sulla faccia di Julia cambiò.

In quel preciso momento, si era appena reso conto di quello in cui stava entrando.

CAPITOLO 5

Dopo aver incontrato il segretario per firmare i moduli e gli accordi, Julia lasciò rapidamente l'edificio aziendale per respirare aria fresca.

La sua mente era un misto di emozioni.

Ero curioso, ma ero nervoso.

Ero incuriosito, ma riluttante.

Si rese conto che era tutto in testa, ma era troppo tardi per ritirarsi.

Aveva già dato la sua parola, firmato i contratti e non si poteva tornare indietro.

La strada del centro era piena e osservò i dipendenti delle aziende camminare verso le loro destinazioni, mentre rimase completamente nervosa.

Julia vide una piccola caffetteria all'aperto e si avvicinò per mettersi in fila.

Avevo disperatamente bisogno di qualcosa di forte da bere.

Nel momento in cui Julia si mise in fila, sentì una voce chiamarla da dietro.

Si voltò e vide il segretario personale di Catherine avvicinarsi a lei con un sorriso.

La segretaria era sorprendentemente giovane, ventenne, ed era molto bella.

"Ho dimenticato di firmare qualcosa?" Chiese Julia, mentre il segretario si avvicinava.

"No. Tutto è già fatto. Sono in pausa e volevo parlarti."

"Perchè?"

"So per cosa sei stato assunto", ha detto. "Quando hai firmato i documenti, sembravi terrorizzato, come se stessi firmando un contratto per la tua vita."

"Puoi incolparmi di sentirmi così?"

Il segretario sorrise.

"È una sensazione normale. So esattamente cosa stai passando."

"Lo sai?" Chiese Julia.

"Sì. Diciamo che ho svolto un lungo processo di intervista per ottenere il mio lavoro come segretaria di Catherine."

Julia non impiegò molto a stabilire la connessione.

Si rese immediatamente conto che la bella giovane segretaria era sessualmente sottomessa a Catherine.

Julia fece del suo meglio per evitare di sembrare sorpresa.

"Quindi tu e Catherine?" Chiese Julia in modo suggestivo e curioso.

Il segretario annuì con orgoglio.

"Ho fatto domanda per il lavoro sapendo che non ero qualificato per lavorare per una donna corporativa di alto livello. Ma pensavo di non avere nulla da perdere. Mi ha intervistato personalmente. Mi sono reso conto che le piaceva il mio aspetto. E prima che lo sapessi, ho firmato molti degli stessi documenti che hai fatto. Poi mi ha fatto entrare nel suo mondo privato di avventure. "

"Perché mi stai dicendo questo? Non voglio sembrare scortese, ma non sono esattamente le informazioni che dovrebbero essere condivise."

"Sembra che potresti aver bisogno di un amico. Non voglio che tu sia nervoso."

"Grazie", rispose Julia. "Tuttavia, sono già nervoso. Non posso fare a meno di pensare di aver fatto un grosso errore. Non sono sicuro di poter gestire un feticcio del genere."

"Ho pensato la stessa cosa quando ho iniziato a mettermi in gioco con lei. Ero terrorizzata quando ho visto per la prima volta la sua stanza di schiavitù. Le mie mani tremavano quando abbiamo iniziato il processo. Ma ora, non posso essere senza di essa."

"Cosa ti ha fatto cambiare opinione?" Chiese Julia.

"Piacere".

CAPITOLO 6

Sabato sera.

Julia andò nell'appartamento con la sua macchina fotografica nella sua custodia e indossava un vestito giallo che aveva acquistato appositamente per l'occasione.

Erano le nove di sera.

È arrivato un'ora prima dell'appuntamento quando è salito sull'ascensore.

Essere puntuali faceva parte del lavoro.

Quando arrivò a terra, Julia andò nell'appartamento di Catherine e chiamò.

Non dovette aspettare molto che Catherine aprisse la porta a piedi nudi in una veste di seta.

I capelli di Catherine erano ben curati, così come il suo trucco perfetto.

"Sei in anticipo" sorrise Catherine.

"Mi piace sempre essere in anticipo. È un problema? Posso sempre tornare un po 'più tardi ..."

"No, no, va bene. Vieni. Sono contento che tu sia arrivato presto. Ci dà la possibilità di parlare un po 'di più."

Julia entrò nell'appartamento e si meravigliò di tutto.

"Bel posto," disse Julia con ammirazione. "È meraviglioso. Non ho mai visto niente del genere in città."

"Stasera ci saranno molte cose che non hai mai visto prima."

"Sono sicuro che hai ragione. Posso vedere la tua stanza di schiavitù? Mi piacerebbe fare qualche foto in questo momento."

"Non ancora", rispose Catherine. "Voglio che tu faccia delle foto quando tutto inizia, non prima."

"Va bene."

"Qualcosa di spaventoso?"

Julia ci pensò un momento.

"Leggermente. Ma starò bene. Comunque, sono decisamente curioso. Non ho mai fatto parte di qualcosa del genere."

"Sei il tipo di donna che si divertirà. Lo sento."

"Cosa te lo fa dire?"

"Lo sto facendo da molto tempo", rispose Catherine. "So molto sulle abitudini sessuali delle persone semplicemente guardandole. Dopo stasera, sono sicuro che sarai desideroso di tornare. Sarai catturato. Fidati di me."

All'improvviso Julia si sentì a disagio con l'ipotesi di Catherine.

Ha cercato di rimanere professionale e seria.

"Allora, cosa puoi dirmi dell'ospite di stasera?" Chiese Julia, cambiando argomento.

"È ricco. È un mio amico di vecchia data. Di solito ricevo consigli di lavoro da lui, ma sessualmente mi prende i suoi ordini. Non vedrai la sua faccia e non conoscerai la sua identità."

"A che ora arriverà?"

"È qui" sorrise Catherine.

"Egli è ...?"

Catherine gesticolò guardando in fondo al corridoio.

"È nella mia stanza principale. Vuoi che diamo un'occhiata?"

Entrambe le donne percorsero il corridoio del lussuoso appartamento.

La frequenza cardiaca di Julia salì alle stelle come se stesse facendo un esercizio cardiovascolare.

Il suo cuore batteva forte quando Catherine aprì la porta della camera da letto principale.

"Eccolo" disse Catherine.

Julia fu quasi scioccata quando vide un uomo di mezza età seduto sul letto, vestito solo con le mutande.

Il viso e la testa erano coperti da una maschera di pelle nera.

In lui c'erano buchi per lui di vedere e parlare.

Guardò direttamente Julia.

Il suo corpo rifletteva la sua età e la sua figura era liscia e paffuta.

Le loro mani erano legate insieme da una corda.

"Cosa ne pensi?" Chiese Catherine con un sorriso malvagio confinante.

"Non so cosa pensare".

"Beh, hai paura di cosa gli farò? Questo ti eccita in qualche modo? Devi avere delle idee a riguardo."

"Certamente è un'immagine molto provocatoria."

Catherine sorrise.

"Se ritieni che ciò sia provocatorio, attendi l'inizio dello spettacolo. Tuttavia, non è ancora tempo."

Chiuse la porta della camera da letto e si fermarono in corridoio.

"Nel frattempo," disse Catherine, guardando il corpo del fotografo. "Pensavo di averti detto di indossare un bel vestito per stasera."

Julia guardò brevemente il suo vestito giallo a buon mercato.

"Mi dispiace. Questo è stato il migliore che ho trovato."

"Non è abbastanza buono. Seguimi."

Le due donne si diressero verso una stanza diversa in fondo al corridoio.

Era una stanza per gli ospiti, che era impressionante come la stanza principale.

La stanza era ordinata e il letto sembrava fresco.

Catherine aprì l'armadio e cercò brevemente l'ampia varietà di abiti costosi.

Quando trovò quello che cercava, lo gettò sul letto.

Era un abito nero sottile ed elegante.

"Indossalo" disse Catherine. "Non voglio che tu indossi qualcosa di diverso da quello, nemmeno le tue scarpe."

"E il mio reggiseno e le mie mutandine?"

"Nemmeno. È un problema?"

Julia scosse la testa.

"Non."

"Bene. Vestiti in questa stanza. Torno presto una volta che mi metterò gli stivali e mi libererò di questa veste."

"Va bene."

"Sei pronto per questo?" Chiese Catherine.

"Sono."

"Sembri imbarazzante. Va bene essere nervosi. Ma se non vuoi continuare, va anche bene. Posso sempre trovare qualcun altro e ti pagherò anche per stasera."

Julia respirò brevemente.

"No. Voglio farlo. Metterò il vestito e sarò pronto quando lo sarai."

"Eccellente" sorrise Catherine, prima di voltarsi per andarsene.

Julia rimase sola nella lussuosa camera degli ospiti.

Guardò il vestito nero che giaceva sul letto e si chiese quanto valesse la pena.

Sembrava costoso.

Abbassò la macchina fotografica, poi si tolse il vestito giallo e lo gettò sul letto.

Si tolse le scarpe.

Alla fine, come richiesto da Catherine, si tolse reggiseno e mutandine e rimase nuda nella stanza.

Fissò il suo aspetto nudo allo specchio, notando quanto fosse normale.

Prese l'abito nero e se lo mise, poi si guardò di nuovo allo specchio.

Questa volta, sembrava molto diversa.

Sembrava una donna di classe ed eleganza.

"Bella", disse la voce di Catherine dal corridoio.

Julia fu sorpresa di averla osservata, ma non era sicura di quanto tempo.

I suoi occhi si spalancarono per lo stupore quando vide Catherine con un corsetto nero e lunghi stivali neri.

L'aspetto di Catherine era in netto contrasto con il suo solito abbigliamento professionale.

"Oh grazie," rispose Julia con calma. "Sei bellissima anche tu."

"Ora è il momento. Ho rimosso l'assicurazione sulla mia stanza speciale. È alla fine della sala. Aspettami lì con la tua macchina fotografica pronta e io prenderò il nostro ospite speciale. Sei libero di scattare le foto come vuoi. Non ti darò istruzioni su come svolgere il tuo lavoro. Dipende da te. "

"Grazie."

Catherine si fece da parte, indicando a Julia che era ora di andare da soli nella stanza della servitù.

Julia respirò piano, e con la sua grande macchina fotografica in mano, oltrepassò Catherine e si diresse lungo il corridoio verso la stanza aperta.

CAPITOLO 7

La stanza della schiavitù era grande e le pareti erano coperte di imbottitura nera.

Era una stanza molto ben illuminata.

Gli occhi di Julia scrutarono i diversi oggetti e gadget sessuali in mostra.

C'era una grande varietà di dildo, giocattoli sessuali, catene e fascette.

C'erano una sedia e un tavolo nella stanza, che erano gli unici mobili disponibili.

Sul muro c'era un grande orologio per garantire che ogni sessione durasse esattamente un'ora.

Fu solo quando sentì il suono dei tacchi di Catherine che batteva sul pavimento che Julia si ricordò che aveva un lavoro specifico da svolgere.

Stavano arrivando e Julia preparò la sua macchina fotografica per scattare foto.

La prima cosa che Julia vide entrare nella stanza fu l'uomo di mezza età, con le mani ancora legate e il viso ancora coperto per proteggere la sua identità.

Julia gli ha fatto una foto.

Quindi Catherine entrò nella stanza.

Indossava una maschera d'oro lucido che le copriva il viso, ma permetteva ai suoi capelli di cadere liberamente.

La maschera sembrava essere stata creata nel XV secolo circa per una famiglia reale, pensò Julia.

Julia fece delle foto a Catherine che guidava l'uomo nella stanza e poi chiuse la porta.

Julia osservò incuriosita mentre l'uomo legato doveva inginocchiarsi.

Catherine gli ordinò di mettersi in ginocchio e di tacere.

Julia ha fatto altre foto.

Catherine è andata alla sua collezione di giocattoli erotici e ha cercato quello che voleva.

Alla fine si sistemò su un lungo dildo color carne.

Ma non aveva ancora finito.

Legò il dildo ad una cintura e poi lo fece scivolare sul suo corsetto di cuoio.

Julia ha fatto altre foto.

"Sei pronto stasera?" Chiese Catherine al suo uomo sottomesso.

"Mmm ... Hmmm ..." mormorò in risposta.

"Bravo ragazzo" disse Catherine in tono condiscendente. "Ora voglio che il tuo culetto si pieghi sul tavolo."

L'uomo si alzò e si fermò sul tavolo, con lo stomaco e le gambe divaricate.

L'uomo dimostrò di averlo fatto diverse volte prima e che si stava godendo ogni momento, non importa quanto l'esperienza tempestosa o degradante sembrasse a una persona normale.

Catherine prese una piccola pala di legno e cominciò a toccare delicatamente il sedere dell'uomo.

All'inizio era liscio, come se le importasse del suo benessere.

Con la pala cominciò a colpirlo più forte, poi ancora più forte.

L'uomo cominciò a mormorare con la bocca mentre i colpi diventavano più intensi.

Julia stava quasi male per lui, ma ha fatto il suo lavoro e invece ha fatto delle foto.

"Ti piace, porcellino?" Gli chiese Catherine, continuando con la pala.

"Mmm ... Hmm ..."

"Ho qualcos'altro per te."

Catherine posò la pala e legò le mani e le caviglie dell'uomo ai diversi angoli del tavolo.

È stato catturato.

Tutta la sua fiducia era completamente riposta in Catherine.

Era per sua volontà e per sua misericordia.

Afferrò una bottiglia di lubrificante e se ne coprì una grande quantità sulla punta del dito.

Julia scattò foto ravvicinate del dito lubrificato di Catherine.

Julia quindi scattò foto ravvicinate del dito che entrava nell'ano dell'uomo.

Gemette mentre veniva penetrato dal dito di Catherine.

Quindi inserì due dita.

Quindi tre.

Julia si chiese se l'uomo si stesse divertendo.

Ma quella non era la sua preoccupazione.

Il lavoro di Julia era quello di scattare una foto della penetrazione, e lo fece, con la fotocamera che catturò tutto.

Lo stomaco di Julia quasi affondò quando vide Catherine posizionarsi dietro l'uomo, il grande pene legato alla sua vita che puntava direttamente al calcio allungato dell'uomo.

Julia era pronta a urlare e perorare a favore dell'uomo indifeso sul tavolo.

Voleva fermare questa follia da parte sua.

Ma lei no.

Non era il suo ruolo.

Aveva la bocca incredula e abbassò brevemente la videocamera in modo da poter vedere la penetrazione anale con i propri occhi.

Era uno spettacolo stridente.

Alzò la macchina fotografica, la puntò direttamente sulla penetrazione anale e scattò altre foto.

CAPITOLO 8

Lunedi.

Era mattina presto e Julia era in piedi nella sua stanza buia e rivelava tutte le foto che aveva scattato per Catherine.

In totale c'erano oltre duecento immagini.

I primi lotti erano pronti.

La qualità delle immagini era buona e ammirava il suo lavoro.

Sapeva che Catherine sarebbe stata contenta del modo in cui aveva catturato la stanza della schiavitù.

Sapeva che a Catherine sarebbe piaciuto anche come l'uomo sottomesso fu catturato.

C'erano immagini che catturavano Catherine nel suo vestito e c'erano primi piani della maschera d'oro.

Julia guardò brevemente il resto delle strisce di pellicola che aveva preso.

Guardò le immagini dell'uomo che succhiava l'oggetto sessuale, veniva frustato, quindi sodomizzato per un lungo periodo dalla grande cintura.

Il battito del suo cuore si alzò.

Quindi guardò le immagini dell'uomo scosso da Catherine.

Aveva sparato un enorme carico di sperma sul terreno, che gli era stato quindi ordinato di pulire con la lingua.

Julia avvertì una sensazione di bruciore tra le gambe.

Era eccitata nella sua stanza buia, proprio come era stata nella stanza di schiavitù di Catherine.

Si sbottonò i pantaloni e fece scivolare la mano destra sulle mutandine.

Ha guardato il film che veniva rivelato, l'uomo che succhiava il dildo mentre era in ginocchio, e si toccava sessualmente.

Ricordava tutto ciò che sentiva quando vide tutto per la prima volta.

Immaginava che fosse sodomizzato e Catherine lo masturbasse.

Si toccò pensando all'uomo che succhiava le tette di Catherine.

Pensò a tutti i commenti verbalmente degradanti che le aveva fatto e alla difficile situazione in cui era stata posta.

Quindi, Julia si immaginò nella posizione dell'uomo.

Si chiese se le sarebbe piaciuto essere succhiato da un dildo ed essere sodomizzato in una posizione così degradante.

Quando ebbe un orgasmo nella camera oscura, si rese conto che la risposta era sì.

TERZA PARTE
Maschera d'oro e abito nero

CAPITOLO 9

Due mesi dopo Julia indossava un vestito nuovo quando andò nell'ufficio di Catherine.

L'avevano invitata a un incontro privato.

Una volta raggiunto il pavimento senza esitazione, ebbe una breve discussione con il segretario e gli fu permesso di entrare nell'ufficio di Catherine.

Le due donne si salutarono con un abbraccio e si sedettero entrambe nei rispettivi posti, con Catherine dietro la sua grande scrivania e Julia seduta di fronte a lei.

"Posso onestamente dire che sei il miglior impiegato che abbia mai avuto", ha detto Catherine. "Ciò significa qualcosa, dato il numero di persone qualificate che hanno lavorato per me nel corso degli anni."

Un sentimento di orgoglio dilagò su Julia.

"Grazie. Faccio del mio meglio."

"Ti piace avermi come datore di lavoro? Ho la reputazione di essere una vera cagna, che è meritata."

"Non credo che tu sia una cagna," rispose scherzosamente Julia. "Penso che tu sia una donna forte. E sei facilmente il datore di lavoro più intrigante che abbia mai avuto. Ogni settimana è una specie di strabiliante mente. Lo adoro. Attendo sempre con impazienza i nostri incontri."

"Beh, sfortunatamente, i tuoi servizi non saranno più necessari", ha detto Catherine in tono commerciale diretto. "Hai completato il tuo compito fotografando tutti i miei sottomessi. Penso che tu abbia fatto un lavoro meraviglioso. Il tuo lavoro ha superato di gran lunga le mie aspettative."

Julia fu sorpresa.

Aveva amato divertirsi, guardare e scattare foto della vita sessuale segreta di Catherine.

Andare nel suo appartamento il sabato sera era la sua emozione della settimana.

E si masturbava in privato ogni volta che tornava a casa.

Si era anche affezionato alla compagnia di Catherine ogni settimana.

"Oh bene, sono contento che ti sia piaciuto il mio lavoro", rispose Julia, cercando di non sembrare devastata.

"Non sono l'unico a cui piace. Tutti i miei uomini sottomessi concordano sul fatto che hai fatto un lavoro eccezionale con la tua fotografia. Riceverai un bonus considerevole per questo. Quando lasci il mio ufficio, il mio segretario lo farà, consegnandoti una busta con i soldi ".

"È molto gentile da parte tua."

Catherine sorrise.

"Non è un problema."

"C'è un modo in cui ... possiamo ... continuare questo?" Chiese Julia con tutta la sicurezza che riuscì a raccogliere. "Come fotografo, penso che ci siano molte altre cose che potremmo esplorare e che non abbiamo ancora fatto."

Catherine alzò un sopracciglio.

"Davvero? Quindi il timido piccolo fotografo vuole continuare a lavorare per me. È interessante."

"Beh, sono interessato al tuo hobby," ammise Julia nonostante se stessa. "È una cosa affascinante e penso che abbiamo fatto un ottimo lavoro insieme in termini di creazione artistica."

Catherine ci pensò su per un momento.

"Potrei avere qualcos'altro per te. Nessuna garanzia. Ma potrebbe essere fuori dalla tua portata."

L'attenzione di Julia fu improvvisamente risvegliata.

"Che cos'è?"

"Il feticcio della schiavitù è più comune nel mondo degli affari di quanto si pensi. È molto popolare tra gli uomini potenti, perché amano il cambio di ruolo. Amano rinunciare alle donne seducenti dopo essere state il capo di tutto. il giorno. Ti interessa finora? "

"Assicurazione."

"Fantastico. Contatterò gli organizzatori dell'evento per vedere se puoi partecipare."

"Evento?" Chiese Julia.

"Sì, è un piccolo evento che accade di tanto in tanto. È una festa di schiavitù, fondamentalmente, dove i ricchi e potenti si divertono davvero da adulti."

"Sembra qualcosa che mi piacerebbe vedere."

Catherine sorrise.

"Non ne hai idea. È così sporco e volgare che tutti sono mascherati. Tutto è completamente discreto. Inoltre, è una tradizione."

"Cosa avrei fatto lì?"

"Scatta foto. Cos'altro sarebbe? Forse gli organizzatori dell'evento vogliono delle bellissime foto per souvenir o qualcosa del genere."

"Posso assolutamente farlo", rispose Julia. "Ad essere onesti, da quando ho iniziato a scattare foto delle tue sessioni di bondage, tutto il resto che faccio sul lavoro sembra molto noioso in confronto."

Catherine sorrise.

"Sapevo che ti sarebbe piaciuto. Sei quel tipo di ragazza. Ora, se mi scusi, ho un appuntamento tra pochi minuti."

"Oh, certo. Grazie per il tuo tempo."

Julia si alzò e allungò la mano per una stretta di mano prima di andarsene.

"Un'altra cosa" aggiunse Catherine. "I miei altri amici non giocano sempre legalmente. Quindi, se vuoi continuare a lavorare per me, devi essere al sicuro."

"Sono sicuro."

Catherine annuì.

"Lo pensavo. Ci terremo in contatto. E ti risponderemo presto.".

CAPITOLO 10

Una settimana dopo.

Era martedì mattina presto.

Julia fu svegliata da una serie di colpi alla porta.

Si alzò dal letto, si guardò brevemente allo specchio, quindi aprì la porta.

Con sua sorpresa, era la segretaria di Catherine a tenere un piccolo pacco.

"Buongiorno", disse la segretaria con un sorriso smagliante.

"Buongiorno, entra."

La segretaria entrò nel piccolo appartamento con il pacco e Julia chiuse la porta.

"Mi dispiace disturbarla così presto," disse il segretario. "Sono impegnato per il resto della giornata, quindi questa è stata l'unica volta che ho avuto."

"Non preoccuparti. Vuoi un caffè o un drink?" Chiese Julia.

"Sto bene grazie mille."

"Quindi cosa ti porta qui questa mattina?"

"Catherine ha contattato gli organizzatori dell'evento", ha risposto il segretario. "Tutti adorano il tuo lavoro e pensano che le tue foto sarebbero le benvenute."

"È un'ottima notizia. Mi piacerebbe molto partecipare."

"Tuttavia, c'è una condizione."

"Che cos'è?" Chiese Julia.

"L'evento di schiavitù è esclusivo e non lasciano entrare nessun estraneo. Pertanto, devi avere un'iniziazione prima di poter scattare foto lì."

La notizia ha svegliato Julia più forte di qualsiasi tazza di caffè.

"Cosa intendi?"

"C'è un processo di iniziazione per i nuovi membri. Mi è stato detto che non c'è modo di evitarlo. Devi farlo, se vuoi continuare a lavorare per Catherine."

"Bene, cosa richiede questa iniziazione? Qualcosa di estremo?"

"Cambia ogni volta", rispose il segretario. "Sono stato avviato alcuni anni fa, ed è stato piuttosto tranquillo. Ma per gli altri, wow. Non vorrei che fossero stati loro."

All'improvviso Julia sentì girare la testa.

Voleva il lavoro più di ogni altra cosa e non voleva deludere Catherine rifiutando.

"Di 'a Catherine che lo farò" disse Julia.

Il segretario sorrise e mise il pacco su un tavolo vicino.

"Sapeva che ti sarebbe interessato. Questo è per te."

"Che cos'è?"

"Aprilo e lo vedrai."

Julia sollevò il coperchio del pacchetto e vide una maschera d'oro su un sottile panno nero.

La maschera era elegante e simile a quella indossata da Catherine durante ogni sessione di schiavitù.

"Per cosa è?" Chiese Julia, mentre prendeva la maschera per esaminarla.

"Dovrai usarla per l'evento. È dello stesso tipo di Catherine, che farà sapere alla gente che sei suo ospite e suo sottomesso."

Julia continuò a guardarlo.

"È una bellissima maschera."

"Certamente. C'è anche un vestito nella confezione. Dovrai indossarlo. Nient'altro che i tacchi."

Julia sollevò il sottile panno nero dalla confezione.

Era completamente trasparente.

"Non mi è permesso indossare nient'altro sotto?" Chiese Julia.

"No, niente. L'evento inizia alle sette del pomeriggio di sabato. Un autista verrà a prendervi alle sei, quindi preparatevi. Vi sarà permesso indossare un cappotto per coprire il corpo quando camminate verso l'auto, ma toglietelo una volta arrivi all'evento. Non dimenticare di portare la maschera e la macchina fotografica. "

"Posso farti una domanda personale?"

"Certo", rispose il segretario.

"Pensi che posso andare avanti con questo? Voglio dire, secondo te, pensi che posso gestire cosa accadrà all'evento?"

Il segretario sorrise.

C'è solo un modo per scoprirlo. "

CAPITOLO 11

Sabato sera.

La porta dell'ascensore si aprì e Julia camminò rapidamente lungo il corridoio del suo condominio.

Indossava tacchi alti e un grande cappotto.

Sotto, indossava l'abito nero trasparente e nient'altro.

Teneva in mano il pacco con dentro la maschera d'oro e un'altra scatola contenente la sua macchina fotografica.

Camminava il più velocemente possibile in modo che nessuno potesse vederla.

Un'auto nera la stava aspettando, con l'autista che teneva la portiera aperta.

Quando salì in macchina, vide Catherine seduta sul sedile posteriore.

Una volta seduta Julia, l'autista chiuse la portiera e si diresse verso la loro destinazione.

"Sei carina con quel vestito" disse Catherine. "È bello vederti in qualcosa di un po 'più sexy di quello che indossi normalmente."

"Grazie. Stai benissimo anche tu."

Gli occhi di Julia si posarono sul corpo di Catherine, che era molto più nudo.

Catherine non si vergognava di sedersi in macchina con indosso solo un vestito nero sottile.

Ogni curva del suo corpo era completamente visibile e i suoi grandi capezzoli marroni potevano essere visti attraverso il materiale sottile.

"Sembri un po 'nervoso" disse Catherine.

"Più o meno. L'intero processo è abbastanza intimidatorio per me. Ho sentito che c'è un'iniziazione che devo attraversare."

Catherine sorrise.

"Hai sentito la cosa giusta."

"Puoi almeno darmi un'idea di cosa accadrà?" Chiese Julia timidamente.

"Temo di no, tesoro. Ma non preoccuparti. Sei in buone mani."

"Lo spero. Dio, questo è un po 'spaventoso."

"Allora perché sei qui?" Chiese Catherine senza mezzi termini. "Qual è la vera ragione? Deve essere qualcosa di più della semplice curiosità professionale. Ammettilo, sei una puttana segreta."

"Non sono una puttana."

"Allora forse dovrei chiedere all'autista di girare questa macchina e riportarla nel tuo appartamento.

"Aspetta," rispose Julia in fretta. "Sono qui perché mi piace quello che fai. Penso che sia eccitante. Voglio continuare a guardarti."

"Hai qualche fantasia di unirti? Hai mai pensato di essere sculacciato, costretto a indossare una cintura con te in uno dei tuoi buchi stretti?"

"Sì, certamente."

Un sorriso malizioso apparve sul viso di Catherine.

"Certo. Sapevo che avevi il potenziale di sottomissione dal giorno in cui sono entrato nel tuo studio. Di solito sono le ragazze tranquille che diventano le troie più grandi"

"Non sono una puttana."

"L'iniziazione dovrebbe occuparsene. Ricorda, nessuno ti obbliga a essere qui. Puoi andare quando vuoi."

Un brivido di paura ed eccitazione fu inviato lungo la schiena di Julia.

Si chiese a cosa si riferisse Catherine, ma Catherine semplicemente girò la testa con un lieve sorriso e guardò fuori dal finestrino della macchina.

QUARTA PARTE
Dolore e piacere

CAPITOLO 12

Furono aperti cancelli di sicurezza e fu permesso all'auto di entrare nella grande proprietà.

L'auto si fermò davanti a un palazzo e le due donne ne uscirono.

"Qui è dove indossiamo le nostre maschere", ha detto Catherine. "E togliti il cappotto. È ora di sfoggiare quel bel corpo che hai."

Julia si tolse il cappotto e lo gettò in macchina.

Una leggera brezza di vento gli ricordava quanto fosse vulnerabile.

Sentì lo spazio tra le gambe formicolare con l'aria fredda.

I suoi capezzoli rosa si irrigidirono per un secondo giro di brezza.

Julia chiuse forte le gambe in un debole tentativo di coprire la sua femminilità.

Entrambe le donne indossano le loro maschere d'oro.

Julia prese la macchina e afferrò la sua macchina fotografica.

Chiusero le porte e l'auto si allontanò.

L'ingresso alla dimora era sorvegliato da due uomini robusti.

Indossavano anche maschere e rimasero in silenzio mentre le due donne si avvicinavano a loro.

"Password, per favore", ha chiesto una delle guardie di sicurezza mascherate.

"Asciugamano", rispose Catherine.

"Le signore possono procedere."

La guardia aprì la porta ed entrarono nella villa.

Julia si meravigliò della stranezza dell'edificio.

Sembrava che fosse stato costruito per una famiglia reale.

Dipinti, decorazioni e oggetti da collezione erano esposti sulle pareti.

L'ingresso attraverso il quale entravano era coperto da un grande tappeto rosso.

Attraversarono una grande sala.

"Devi aspettare un po 'nella stanza degli ospiti" disse Catherine. "Qualcuno ti cercherà a breve."

Julia fece un respiro profondo.

"Va bene."

"Starai bene. Calmati."

"Puoi dirmi cosa succederà?" Chiese Julia. "Sarei meno nervoso se lo sapessi."

"No. Aspetta nella stanza finché qualcuno non verrà per te. Tieni la maschera e lascia lì la fotocamera. Ci sarà un sacco di tempo per scattare foto in seguito."

Catherine aprì la porta e fece segno a Julia di entrare nella stanza.

La stanza degli ospiti era semplice, con alcuni mobili in legno.

Julia fece un respiro profondo ed entrò.

CAPITOLO 13

Ha perso la cognizione del tempo che aspettava.

Non si tolse mai la maschera.

Dopo essersi annoiato seduto e aspettando, Julia si fermò davanti a uno specchio e si guardò.

La maschera era affascinante.

E non riusciva a smettere di pensare a come i suoi capezzoli rosa e la sua vagina fossero visibili attraverso il tessuto sottile del vestito.

Si è messa in discussione se stessa e le sue ragioni per esserci.

Prima che potessi pensare di più, bussarono alla porta.

Entrò una donna, completamente nuda, vestita solo con una maschera d'oro.

"Seguimi", disse la donna nuda con voce sommessa.

Julia la seguì fuori dalla stanza e scesero per il corridoio.

Si era fatto più scuro.

Molte luci erano state spente e c'erano molte candele accese in tutte le direzioni.

C'era un gruppo di persone mascherate in piedi nel corridoio.

Alcuni erano nudi, altri indossavano abiti.

Indossavano tutti delle maschere.

Si fermarono in cerchio, con Catherine al centro.

Catherine era completamente nuda ad eccezione della maschera.

Era la prima volta che Julia vedeva il corpo completamente nudo di Catherine.

Julia ammirava la sua figura tonica e le sue curve voluttuose con grandi capezzoli marroni.

Julia fu condotta al centro del cerchio, in piedi direttamente di fronte a Catherine.

Gli altri ospiti mascherati nella stanza rimasero in silenzio.

"Benvenuta Julia," disse Catherine. "Il comitato ha deciso di ammetterla nel nostro Club privato. Non è stata una decisione facile, ma la qualità del suo lavoro e la sua discrezione sono ciò che le ha permesso di entrare. Tuttavia, ci sono condizioni per questa accettazione, ti piacerebbe sapere quali sono?

"Sì," Julia annuì nervosamente.

"In primo luogo, devi provare sottomissione sessuale affinché il gruppo possa vederlo. In secondo luogo, devo indossare quindici fermagli sul tuo corpo durante il processo. Infine, devi avere orgasmi almeno due volte nell'ora successiva. Tutte le condizioni sono obbligatorio. Puoi accettare o partire. "

Julia fece un respiro profondo.

"Sono d'accordo."

"Dicci perché accetti. Perché vuoi che ti compiano atti così dolorosi e degradanti? Sei una ragazza dolcissima."

Julia ci pensò un momento.

"Guardare le sue sessioni negli ultimi due mesi mi ha aperto gli occhi su qualcosa di nuovo. Voglio continuare a far parte di questo."

"Anche se ciò significa dover passare attraverso questa iniziazione?" Chiese Catherine.

"Sì."

"E che cosa ti rende?"

"In una puttana".

Catherine annuì.

"Togliti il vestito. Mostraci il tuo bel corpo."

C'era un brivido lungo la schiena di Julia.

Nonostante le maschere, Julia poteva sentire tutti gli occhi nella stanza in attesa in anticipo.

Fece scivolare in piedi l'abito trasparente ed era completamente nuda.

Resistette all'impulso di incrociare le gambe e lasciò che il suo cavallo ben rasato rimanesse scoperto.

Resistette anche alla tentazione di coprirsi il seno piccolo e permise ai suoi capezzoli rosa di sporgere.

Catherine si fece avanti e si trovò a pochi centimetri da Julia.

Allungò una mano e toccò il piccolo petto di Julia, accarezzandolo delicatamente con la mano.

Fece il giro del capezzolo rosa con un dito, poi lo pizzicò forte.

"Ohh ..." ansimò Julia.

"Ti sto facendo del male?"

"Un po."

"Ci fermiamo allora?"

Julia sapeva che le era stato dato un ultimatum sottile.

"No. Per favore, non fermarti."

Catherine pizzicò ancora di più il capezzolo, facendo sussultare Julia.

"All'inizio potrebbe non piacerti. Ma tu ..."

Una donna nuda mascherata si avvicinò a loro tenendo un cuscino con una piccola pila di mollette.

Catherine prese una delle clip, la aprì e la mise sul capezzolo di Julia.

Lentamente permise alla clip di spremere il capezzolo, a poco a poco.

Catherine lasciò andare la fascetta che le stringeva forte il capezzolo, facendola gonfiare.

"Fa molto male", disse Julia con calma disperazione.

"Vuoi smettere? Le condizioni non sono negoziabili."

"Per quanto tempo rimarrà la clip?"

"Fino a quando non raggiungerai l'orgasmo due volte stasera. Posso accelerare le cose se vuoi. Sarebbe più facile per un principiante come te."

"Per favore..."

Catherine prese un'altra molletta e la usò spietatamente sull'altro capezzolo di Julia.

"Ahhh ..." urlò Julia.

"Finora sono due clip. Tredici rimasti."

"Dove li metterai?" Chiese Julia quasi spaventata.

Catherine si sporse in avanti e sussurrò all'orecchio di Julia.

"Che ne dici delle tue labbra vaginali? Questo è il posto tradizionale per una donna. Vuoi smettere di soffrire o unirti al nostro club?"

Era il punto di non ritorno.

Julia si decise in un momento, anche quando i suoi capezzoli le facevano molto male.

I suoi capezzoli invece del rosa stavano diventando di un rosso intenso.

"Mi rifiuto di smettere."

"Quindi sdraiati sulla schiena. E allarga le gambe."

Julia era distesa sulla schiena sul pavimento di moquette, le gambe spalancate.

La sua femminilità era completamente esposta, in attesa del dolore delle mollette.

Catherine si inginocchiò e si prese il tempo di esaminare la figa di fronte a lei.

Lo studiò e lo ammirò.

Catherine prese una molletta, la aprì e sollevò il lato sinistro delle labbra di Julia.

"Questo può ferire un po '", ha detto Catherine. "Sei una donna adulta. Quindi comportati come una."

Con quelle parole di cautela, Catherine liberò crudelmente il fermaglio, stringendo improvvisamente le labbra, facendo urlare Julia.

Catherine sorrise e prese un'altra clip, questa volta, rilasciandola delicatamente sulle labbra.

La pressione della seconda clip ha fatto cambiare forma alle labbra.

Catherine continuò il processo finché la parte sinistra delle labbra di Julia non fu coperta di mollette.

"Come si sente la tua figa?" Chiese Catherine.

Julia appoggiò la testa sul tappeto e lottò con il dolore dei suoi capezzoli e delle labbra schiacciati dalle mollette dei suoi vestiti.

"Mi fa molto male".

"Ciò dimostra che sei umano. Sono orgoglioso di te per aver durato così a lungo. La tua iniziazione è più dura della maggior parte perché la tua esperienza finanziaria non è la stessa della nostra e non hai precedenti di schiavitù."

"Capisco."

"Buona cagna. La parte difficile è quasi finita."

Catherine prese un'altra clip di vestiti, questa volta posizionandola delicatamente sulle labbra giuste di Julia.

Julia non indietreggiò e gemette.

Si era già abituata al dolore nelle sue sensibili aree sessuali.

Il modello è continuato fino a quando tutte le clip sono state utilizzate sulla figa di Julia.

La vagina, una volta carina e attraente, si era improvvisamente deformata.

Le labbra vaginali si estendevano in diverse direzioni come l'argilla.

Catherine guardò nella figa rosa di Julia e vide che era bagnata.

"Sei pronto per il tuo primo orgasmo" disse Catherine. "Non è così?"

"Sono."

Catherine frustò il centro della figa di Julia senza preavviso.

Lo shock fece urlare Julia in una rara combinazione di dolore e piacere.

Le sculacciate nella figa di Julia continuarono fino a quando le punte delle dita di Catherine furono coperte di fluidi vaginali.

"Ti stai bagnando fradicio, cara" disse Catherine. "Penso che tu sia pronto."

Detto questo, Catherine ha inserito due dita nella sua figa e ha usato le dita dell'altra mano per giocare con il clitoride di Julia.

È stata una combinazione potente.

Le sue dita erano abili nel soddisfare sessualmente le altre donne.

Con le dita veniva lavorato in modo particolare e abile.

Julia gemette di piacere.

Non le importava più del gruppo di persone mascherate che la guardavano.

A quel punto, tutto ciò a cui riuscì a pensare fu la sensazione di bruciore nella sua figa e nei capezzoli.

Le dita continuarono il lavoro frenetico.

Catherine andava sempre più veloce con più intensità.

Il corpo di Julia tremò.

Lei gemette.

Catherine sentì che Julia era sull'orlo del suo primo orgasmo, quindi lavorò ancora di più, toccando la sua figa calda.

Julia si contorse, gemette e la sua schiena si inarcò.

Julia emise un forte grido e le sue dita si arricciarono, poi il suo corpo si rilassò.

"Questo è il primo orgasmo finora," sorrise Catherine, guardandosi le dita coperte di succo di figa. "Ora è il momento dell'orgasmo numero due. Ma questo sarà un po 'più difficile. Puoi lasciarlo cadere quando vuoi. Pronto?"

"Sì."

Catherine schioccò le dita e arrivarono due donne nude mascherate e avvolse cinghie di cuoio attorno alle mani e alle caviglie di Julia.

Guidarono Julia in giro, in modo che fosse in ginocchio.

Allungarono le mani e le caviglie di Julia e le agganciarono ai ganci sul pavimento.

Julia era a faccia in giù, completamente legata e indifesa.

"Il tuo test finale è di diciotto centimetri sul sedere. Non preoccuparti gattino, userò molta lubrificazione per te."

Gli occhi di Julia si spalancarono.

Le cinghie di schiavitù sui polsi e sulle caviglie erano strette e non aveva nessun posto dove andare, a meno che non decidesse di smettere, il che avrebbe definitivamente posto fine al suo rapporto con Catherine.

Si rifiutò di arrendersi, anche quando sentì le dita di Catherine che gli si spingevano dietro.

Le dita erano coperte di una lubrificazione densa.

Le dita sondarono il suo piccolo ano il più lontano possibile.

Catherine non è stata molto gentile.

Per lei erano solo affari.

Quindi Julia ha semplicemente messo la sua faccia mascherata a terra e ha accettato la penetrazione del dito nel culo.

"Indosserò la cinghia con il pene che mi hai visto indossare così tante volte sui miei sottomessi" disse Catherine, sporgendosi sul corpo di Julia. "All'inizio sarò lento, ma spero che manterrai il mio ritmo più tardi."

A quel tempo, Julia aveva ricordi di tutti gli uomini mascherati che erano stati inculati analmente dalla varietà di cinture diverse di Catherine.

Julia aveva immaginato di essere nel ruolo di sottomessa tante volte prima.

Ma non aveva mai immaginato cosa le sarebbe successo davvero.

La punta dell'imbracatura premette contro l'ano di Julia.

Catherine usò le mani per separare le natiche di Julia, permettendo all'oggetto sessuale di penetrare nel piccolo buco.

Julia gemette forte mentre l'oggetto entrava nel suo corpo.

Lentamente si fece strada nel suo retto.

Chiuse forte le mani e serrò i denti.

Quando l'oggetto continuò il lento viaggio nel culo, aprì la bocca ed emise un gemito.

Continuò fino a quando il cavallo di Catherine le premette contro il sedere.

"Ragazza coraggiosa," disse Catherine all'orecchio di Julia. "La maggior parte delle persone avrebbe già smesso. Non tu. Hai quasi finito. Ti sentirai bene in un momento."

Catherine si ritirò lentamente dal retto di Julia, quindi diede una leggera spinta, spingendolo ancora una volta dentro.

Ha usato il ritmo lentamente in accordo con la tensione di Julia.

Ogni spinta faceva gemere Julia.

Julia si guardò attorno mentre veniva sodomizzata.

Gli ospiti mascherati rimasero in silenzio a guardare lo spettacolo.

Si chiese cosa avrebbero pensato di lei.

Si chiese se fossero eccitati.

Si chiese se anche loro volessero entrare nel suo culo.

La spinta dentro il culo di Julia continuò.

Il dolore è stato presto raggiunto dal piacere.

I suoi capezzoli e la sua figa fanno ancora molto male dalle clip sui suoi vestiti.

Il dolore ha continuato a crescere, ma il piacere ha anche creduto con uguale o maggiore intensità.

Il suo ano era ancora dolorante per il giocattolo del sesso da sei pollici e non era completamente abituato.

Ma dentro di lei cresceva uno strano piacere.

Essere scopati analmente per essere visto da tutti è stato emozionante.

È stato sensazionale.

Le spinte sono diventate più veloci e profonde.

Catherine mostrò meno misericordia e meno tenerezza, e cominciò davvero ad essere dura con Julia.

Julia veniva trattata come una qualsiasi delle sottomesse di Catherine, il che era un complimento per Julia.

Significava che Catherine sapeva che Julia era abbastanza forte e dignitosa da ricevere una punizione anale.

"Sento il tuo orgasmo avvicinarsi", disse Catherine, mentre spingeva. "Vieni per me, cara. Fallo e unisciti al nostro club."

"Ci sto provando," ansimò Julia.

"Forse questo ti aiuterà, gattino."

Catherine allungò la mano e iniziò a giocare con il clitoride di Julia, mentre la sodomizzava.

La sessualità di Julia veniva assalita da tutte le parti.

I suoi capezzoli le facevano male.

Gli dolevano le labbra.

Il suo ano e il retto venivano picchiati spietatamente.

Ora il suo clitoride sensibile veniva massaggiato.

"Oh mio Dio!!!" Julia gemette.

La schiena della giovane donna si inarcò violentemente e le sue mani e i suoi piedi si serrarono con tutte le sue forze.

I fluidi si riversarono dalla sua figa e coprirono il pavimento.

Per la seconda volta, corse di nuovo davanti a tutti.

"Congratulazioni," disse Catherine, massaggiandosi i capelli. "Ora sei un membro del nostro club."

Catherine estrasse lentamente il giocattolo del sesso dal sedere di Julia e si alzò in piedi.

Guardò Julia sul pavimento.

Julia era sfinita sessualmente al momento e lentamente tornò a se stessa.

Le altre donne mascherate vennero a sciogliere Julia, rimuovendo le fascette dai suoi capezzoli e dalla figa.

Julia si alzò e gli altri ospiti mascherati nella stanza applaudirono il loro nuovo membro.

EPILOGO

Sei mesi dopo.

Julia indossava un bellissimo vestito mentre aspettava nell'ascensore.

Aveva in mano una grande busta gialla.

Una volta raggiunto il suo appartamento, ha salutato la segretaria con un sorriso familiare.

Quindi entrò nell'ufficio di Catherine.

Sono state scambiate battute e Catherine ha aperto la busta per guardare le immagini appena rivelate mentre si sedevano entrambi.

"Hai superato te stesso", disse Catherine, guardando le foto. "Lavoro squisito. Gli angoli della telecamera, l'illuminazione, il tempo. Questi sono perfetti. I nostri amici del club li adoreranno."

"Grazie. Spero che ti piacciano."

"È un peccato che queste immagini debbano rimanere private. Il tuo talento di fotografo dovrebbe essere riconosciuto da molte più persone."

"Il tuo riconoscimento è sufficiente" disse Julia coraggiosamente.

Catherine sorrise.

"Che ragazza dolce."

"Ho visto il mio assegno posto sulla scrivania della segretaria. Sono sicuro che si tratta di un altro generoso pagamento, per il quale sono molto grato. Ma oggi mi aspettavo qualcosa di un po 'più ... extra ..."

Catherine si chinò nel suo ufficio per togliersi le mutandine da sotto la gonna.

"Molto bene. Hai trenta minuti prima del mio prossimo incontro."

"Grazie."

Julia si avvicinò alla scrivania in modo informale.

Cercò di nascondere la sua impazienza, ma entrambi sapevano come si sentiva davvero Julia.

Catherine allargò le gambe e vide Julia cadere in ginocchio.

Il limite era di trenta minuti, quindi Julia non perse tempo e cominciò a mangiare la figa della sua Padrona Dominante fino a raggiungere il punto dell'orgasmo.

FINE

DONNA DIRIGENTE MOLTO DOMINANTE E CALDO

CAPITOLO 1

Ci sono momenti nella tua vita in cui sei al limite.

Il tuo stomaco sembra essere schiacciato da un branco di elefanti e non sei sicuro che svegliarti la mattina sia la cosa migliore per te.

Sono attualmente in quella circostanza.

È come se fossi sul bordo di una scogliera.

Guardo impaurito le rocce frastagliate sottostanti e prego per un salvagente.

Mi fa ancora più male sapere che è probabile che porti molte brave persone davanti a me.

Le persone che non hanno idea di oscillare sul bordo dello stesso precipizio.

Sorrisi e annuii a Janeth, la nostra segretaria, mentre camminava oltre la sua scrivania.

Ho trascorso settimane a convincerla a lasciare la sua posizione sicura e ben finanziata presso uno studio legale e venire con noi.

Le promesse di stock option e ricchezza oltre i suoi sogni la convinsero finalmente ad assumersi il rischio.

Era meravigliosamente organizzata, qualcuno di cui avevamo profondamente bisogno.

Se hai controllato la tua scrivania, potresti essere sicuro che tutto sarebbe pulito e senza crepe.

Il mio cuore si è fermato per un momento quando ho visto le foto dei suoi tre figli nell'angolo della sua scrivania.

Una madre single con tutti i test che ne derivano.

E sto portando lei e i suoi figli giù dalla scogliera.

Mi sentivo di nuovo male.

Entrai nel mio ufficio, beh, più come un cubo al centro del piano dell'ufficio aperto.

Potrei rivedere l'intera azienda da qui.

Mi sono appena seduto e ho fatto una revisione di trecentosessanta gradi per vedere tutti che lavoravano sodo.

Mi sono seduto e mi sono nascosto.

Tutto crollerà lunedì.

Non ero sicuro di poter pagare il libro paga.

Lo stress mi colpisce con un'onda.

Mi sono subito fermato a guardare la mia pattumiera e ho lanciato la colazione.

Janeth corse mentre era impegnato a chiudere la fodera di plastica.

"Stai bene, signor Carrington?" chiese con preoccupazione materna.

"No, mi getterò da una scogliera dopo averli investiti dappertutto", pensai tra me e me.

"C'era qualcosa che non andava nella mia colazione", ho mentito.

"C'è una specie di influenza là fuori", ha aggiunto Janeth, "forse dovresti prenderti un giorno libero e guarire."

L'idea di nascondersi a casa era molto interessante, ma non c'era nulla che potesse fare da casa.

Ho bisogno di più capitale di investimento per ieri.

Tutti i miei canali normali si erano prosciugati.

"No, starò bene", dissi, "lo lavo via un po 'e torno."

Cercò di non respirare mentre passava il bidone della spazzatura nelle mie mani.

Lo sguardo preoccupato di Janeth era difficile da ignorare.

Tra tutte le persone, aveva il quadro più vicino delle condizioni dell'azienda, ma non sapeva che un prestito da mezzo milione di dollari sarebbe dovuto lunedì.

Sapeva, tuttavia, che io e la banca avevamo avuto alcune chiamate accese.

"Non c'è estensione" era l'ultima parola.

Non ci è voluto un lettore mentale per rendersi conto che qualcosa non andava.

Ha avuto un incontro piuttosto delicato con un venture capitalist in un'ora.

Fu uno scatto casuale, ma doveva sparare da qualche parte.

A questo punto, era disposto a scambiare qualsiasi cosa con chiunque fosse disposto a sostenere le finanze.

Avevo solo bisogno di tempo.

Mancano solo sei mesi per un buon flusso di cassa.

Oltrepassai Ralph Seams e le sue numerose schermate di codice sorgente.

L'uomo viveva in un mondo binario.

Portarlo con noi è stata una delle mie migliori vittorie.

Non aveva idea di come poter gestire quattro schermi piatti senza senso, ma la sua magia sembrava sempre funzionare.

Sono appena arrivato in bagno quando mi sono ricordato della sua nuova macchina, della sua nuova casa e della sua nuova moglie.

Ha rivoluzionato la mia bile nel modo più doloroso.

Meritavo il dolore.

Avrebbe dovuto fare di più male.

La nave stava affondando e mi ero dimenticato di comprare scialuppe di salvataggio.

Mi ci sono voluti alcuni minuti per ritrovare la calma.

Mi lavai la faccia e rimasi scioccato dai miei occhi rossi insonne.

Era a un passo dall'essere un extra di un capitolo di "The Walking Dead".

Non c'è da stupirsi che Janeth pensasse di avere l'influenza.

Mi sono risciacquato la bocca un paio di dozzine di volte e ho raddrizzato i capelli.

L'uomo allo specchio sembrava dieci anni più vecchio di un mese fa.

Ho fatto un paio di respiri profondi e ho ridotto la frequenza cardiaca a un livello gestibile.

Ero il capitano di questa nave che affondava.

Avevo bisogno di tenerlo insieme.

Era la mia fiducia che tutti dovevano vedere.

Era quello che doveva riflettere quando cercava di impressionare al prossimo incontro.

Voleva che tornassi a essere lo stesso.

La forza trainante che aveva messo insieme questo non aveva paura.

Ho messo l'inevitabile nella parte posteriore della mia mente.

Era solo mercoledì e c'era molto tempo per riparare un disastro di mezzo milione di dollari.

Dopo essermi scrollato di dosso una mattina di odio per me stesso, ho coraggiosamente lasciato il bagno.

Aveva un sorriso per tutti.

CAPITOLO 2

Quando Virginia Buttingson entrò negli uffici, il normale rumore del luogo passò al silenzio.

Era una donna imponente e controllava un gran numero di dollari di capitale di rischio.

Era vestita per conquistare una sottile gonna blu navy e un'elegante camicetta bianca con una sciarpa svasata rossa.

Indossava una cintura di pelle con anelli intrecciati e legava l'abito in una giacca corta blu scuro inclinata.

I suoi meticolosi capelli castani erano nel mezzo di un ricciolo, separati dal suo viso e tenuti dietro le spalle con un piccolo fiocco blu scuro.

Il rossetto rosso forte e il mascara scuro le danno un aspetto pignolo.

Sembrava avere quarant'anni.

I suoi occhi acuti sembravano criticare ogni angolo dell'ufficio.

Dietro la signora Buttingson c'erano tre individui con l'aspetto tipico degli avvocati: tutti uomini e tutti in giacca e cravatta nera.

Stavano quasi bloccando il corridoio, quindi furono condotti nella sala conferenze.

Ho fatto un respiro profondo e ho portato il mio combattente in superficie.

Mi sembrava davvero di avere un paio di ragazzi in giacca e cravatta dietro di me che camminavano, quindi non mi sentivo così in inferiorità numerica.

Le presentazioni sono andate bene e sono entrato in uno spettacolo per cani e gatti.

Ho esposto per trenta minuti per promuovere la fattibilità della nostra soluzione software basata su cloud.

Aveva in mente tutti i numeri e i grafici, insieme a una vasta gamma di dati di marketing, strutture di costo meravigliosamente sviluppate e un elenco di partner di grado A.

Stavo per entrare in una demo del software vero e proprio quando mi sono fermato all'improvviso.

"Non mi stai dicendo niente che non sai", disse Buttingson senza mezzi termini.

Stavo aspettando che continuasse, possibilmente dirmi cosa volevo sapere.

Invece, ho ricevuto un silenzio mortale e i suoi occhi forti hanno riempito di buchi la mia fiducia precedente.

"Quali ulteriori informazioni stai cercando, signorina Buttingson?" Gliel'ho chiesto nel miglior modo possibile.

Ho mantenuto la mia faccia ferma, volendo che vedesse che nulla che potesse dire o fare mi avrebbe disturbato.

"Il suo livello di disperazione", rispose rapidamente.

I suoi occhi non hanno mai lasciato i miei e non c'era umorismo sulle sue labbra.

Mi aveva inzuppato.

"Non sono sicuro di sapere cosa intendi", ho risposto, cercando di mantenere la mia posizione.

Le visioni della mia colazione nella spazzatura possono colpirmi di nuovo.

"Possiamo avere un momento in privato?" Era un ordine per le sue tre tonalità di abito nero.

Si alzarono come uno e uscirono dalla stanza.

Quando la porta si chiuse dietro di loro, la loro attenzione tornò su di me.

"Entro lunedì avrai finito. Verrai qui e dirai a tutte quelle persone che hanno confidato in te che le stai fregando. I miei contabili mi dicono che non sarai nemmeno in grado di fare il libro paga finale."

Il mio stomaco ha inviato un po 'di bile.

L'ho annegata di nuovo.

"Non so da dove ottenga le sue informazioni, ma ..." Ho iniziato a difendere la compagnia, ma lei mi ha fermato con una mano alzata.

"Non darmi una fottuta scusa." Sembrava conoscere i miei problemi in dettaglio. "Ma posso far sparire tutto. Dormirai bene la notte e queste persone non ti considereranno feccia dalla suola delle loro scarpe. Dobbiamo solo raggiungere un accordo."

Accidenti, non ero pronto per questo.

Sapeva che mi aveva intrappolato e stava per essere fottuto in capitale.

Non mi sono mai sentito così minuscolo in vita mia.

Mi sono rialzato e mi sono messo in guardia.

"Cos'hai in mente?"

Non avrebbe perso altro tempo a cercare di truccarsi di più.

Sapeva già che stava nuotando nel buio.

"Ho due opzioni per te, nessuna delle quali ti piacerà" dichiarò con determinazione. "Nella prima opzione, aspetto fino a lunedì, quando la banca richiede il tuo prestito e raccolgo i pezzi di ciò che resta della società. Penso che tu abbia un buon prodotto qui e dovresti essere in grado di portarlo alla redditività entro sei-dodici Mesi. Posso tagliare gli stipendi dei dipendenti che mi sono utili e licenziare quelli che sono in eccesso per me. Non sarebbe una vittoria perché tutti ti incolperanno del disastro. "

Mi aspettavo un sorriso malvagio, ma ho visto solo la stessa faccia da uomo d'affari.

La odiava per avere i soldi per essere così crudele.

"Sarebbe molto spiacevole" dissi fermamente.

Ora ho ricevuto un sorriso.

Non era cattiva, era una vincitrice.

Penso che le piacesse la mia disperazione, ma voleva darmi una via d'uscita.

Non ho dovuto aspettare a lungo per l'opzione due.

"Nella seconda opzione, firmo ed estendo il suo prestito e gli do altri cinquecentomila di capitale circolante".

Il suo sorriso aumentò.

Fino ad ora, ero con lei in questa opzione.

Stavo aspettando la parte "ricatto".

"In cambio, ho il quarantanove per cento di azioni e ..." Fece una pausa e abbassò la voce, "alcune considerazioni aggiuntive."

Potresti vivere con la perdita di scorte.

Non aveva davvero altra scelta ed era sorpresa di non voler controllare l'interesse dell'azienda.

Il restante capitale, il 51%, è stata una piacevole sorpresa, ma le "considerazioni aggiuntive" sembravano quasi illegali.

Ho evitato le leggi, ma non ero favorevole a infrangerle.

"Definisci" considerazioni aggiuntive ", chiesi in tono meno autorevole.

Si alzò e camminò verso di me in modo poco professionale.

Il suo sorriso andò dalla vittoria alla crudele e le unì gli occhi.

"Gli uomini come te mi incuriosiscono." Spostò il suo viso scomodo vicino al mio. "Sei intelligente, motivato e ami essere al comando. È ciò che alla fine porterà al successo della tua azienda. Mi piace trattare con uomini come te. Non negli affari, ma in privato."

Si fermò e io deglutii a fatica.

I suoi talloni le fecero venire gli occhi all'altezza dei miei, rendendo difficile provare a sentirsi superiori.

"Ti do quello che vuoi e prendo quello che voglio."

Si voltò di scatto, tornò al suo posto e si sedette.

Ho notato che ha lasciato un leggero profumo muschiato sulla sua scia.

"In privato?"

Volevo che fosse chiaro.

Non era sicuro di cosa si aspettasse, ma doveva essere meglio che dire a Janeth che era disoccupata.

"Molto privato."

Il suo sorriso e i suoi occhi si ammorbidirono.

Erano quasi invitanti.

"Non posso prometterti che ti piace, ma lo farò."

Non potevo credere che stavo considerando questo.

Non era più dura per gli occhi e non era poi così vecchia.

Non poteva portarmi più di dieci anni con me.

"Cosa ci si aspetterebbe da me?" Ho chiesto.

Stavo ancora deglutendo a fatica.

Non era abituato a essere così fuori controllo.

Forse il fallimento sarebbe meglio di così.

Il suo sorriso divenne lussurioso.

"Sarai la mia cagna ubbidiente", disse e scrollò le spalle. "Un paio di volte all'anno, finché non mi annoierò con te. Gli altri affari rimarranno intatti quando avrò finito con te."

La parola "cagna" risuonava nella mia mente.

"Mi obbedirai completamente per ventiquattro ore; non si verificherà alcun danno fisico permanente, ma conta solo il mio piacere."

CAPITOLO 3

"Non sono sicuro di poterlo fare."

Mi è venuta l'idea di provare una piccola trattativa, forse provare a fissare dei limiti.

"Tutto o niente, signor Carrington. Scambia un po 'di orgoglio personale con me e il tuo orgoglio pubblico rimarrà intatto."

Non lasciava nulla aperto alla negoziazione.

Sono stato fregato in entrambi i modi.

"Ho bisogno di una decisione. Non mi interessa se non sei completamente impegnato."

Non aveva troppe opzioni e nemmeno il tempo.

Mi immaginavo di fronte alla vergogna del fallimento e del fallimento dei miei dipendenti.

Il tempo e il capitale circolante offerti avrebbero fatto brillare l'azienda come mai prima d'ora.

Potrei essere una puttana per ventiquattro ore.

Sono dipendente dal successo.

"Affare concluso" fu tutto ciò che dissi.

"Va bene," disse, e guardò nella sua valigetta, "Ecco una chiave con il mio indirizzo allegato. Sarà lì questo sabato alle 9:00. Nessun altro dovrebbe conoscere questa parte del nostro accordo." Mi diede di nuovo quel sorriso caldo e invitante. "Chiamiamo i ragazzi per rivedere i documenti."

Presi la chiave e me la misi in tasca.

Sono rimasto scioccato nello scoprire che la signora Buttingson aveva chiarito tutto nei documenti.

Poteva esercitare il diritto di lasciare tutto, senza fornire alcuna motivazione, il prossimo lunedì.

All'improvviso mi sentivo come se mi stessero stringendo la mano.

E con gli altri nella stanza, la nostra conversazione è stata meno schietta.

"Devo solo avere il fine settimana per considerare le opzioni", ha detto, "devo assicurarmi che entrambi possiamo rispettare i nostri impegni".

"In che modo protegge i miei interessi?" Ho risposto: "Ho intenzione di attuare pienamente tutti i termini del contratto, verbale e scritto. Non ho alcuna garanzia che farà lo stesso".

Non avevo idea di come costruire la fiducia necessaria per rendere felici entrambi.

Dopo questo fine settimana, potremmo avere la fiducia necessaria, ma oggi ce n'era poco.

"Farò prolungare il tuo prestito per un mese in buona fede, senza impegno", rispose.

"Accettato." Ho sorriso.

Per un altro mese potrebbe non valere la pena di sopportare il suo fine settimana, ma almeno questo mi ha dato del tempo per trovare un'altra soluzione se tutto questo andasse in pezzi.

Sono rimasto sorpreso dalla rapidità con cui è stata in grado di estendere il prestito con una semplice telefonata.

Ci provavo da quattro mesi, supplicando di non udire.

Una telefonata da parte sua e ho avuto altri trenta giorni.

Devi rispettare, o odiare, quel tipo di potere.

E mi sono unito alla prostituzione pochi minuti dopo.

Non era scritto negli accordi, ma mi stava su come un'incudine.

Ero suo o avrei avuto la possibilità di essere picchiato a morte dalle persone che mi hanno trascinato in rovina.

Mi sono preso un peso da solo, ma un altro ha preso il suo posto.

Ci salutiamo con tutta la cordialità di essere nuovi partner commerciali.

La mia compagnia sarebbe sopravvissuta fintanto che avrei potuto accettare i suoi termini.

CAPITOLO 4

Sabato è arrivato molto più veloce di quanto mi sarebbe piaciuto.

Come ci si prepara ad essere una 'cagna obbediente'?

Non avevo idea di aver cercato quel tipo di compagnia una volta prima.

Quel tipo di compagnia era frustrato dalla mia tenerezza e dai miei preliminari.

Penso sempre che le donne siano più fragili di quanto non siano in realtà.

Voglio dire, mi piace portarli a casa tanto quanto qualsiasi altro ragazzo.

Ho solo bisogno del tuo permesso prima.

Mi sono fatto la doccia, mi sono rasato e ho tagliato alcuni peli in eccesso.

Ho usato una notevole quantità di deodorante e mi sono schizzato un po 'dopo la rasatura.

Almeno non avrebbe un cattivo odore.

Non avevo idea di cosa indossare.

Ho deciso di indossare abiti da lavoro casual.

Era buono per la maggior parte delle occasioni e occupava l'ottanta per cento del mio guardaroba.

L'altro venti percento consisteva in jeans e magliette.

***

Mi sono fermato a casa sua aspettandomi di trovare un grande palazzo e ho scoperto qualcosa di molto meno ostentato.

Era una semplice casa di mattoni in stile coloniale a due piani.

Aveva quattro colonne a due piani che sostenevano il tetto sopra il portico.

Un prato ben curato e vasi di cemento pieni di fiori lo facevano apparire pulito.

Gli alberi erano tutti di età avanzata e offrivano una piacevole vista della casa.

Parcheggiai sul vialetto e suonai il campanello.

La signora Buttingson mi ha aperto la porta con un sorriso piacevole.

"Okay, sei un po 'in anticipo. Per favore, entra" disse aprendo la porta.

L'atrio era composto da due piani con un gigantesco lampadario appeso al soffitto.

Aveva centinaia di cristalli sfaccettati che riflettevano la luce del mattino.

Il pavimento sembrava fatto di un unico foglio di marmo, tutto bianco con venature nere che non si spezzavano da una parete all'altra.

Tutto sembrava sfarzoso in modo ricco.

Anche i telai che supportavano il lavoro ovviamente costoso erano perfettamente integrati con l'atmosfera della stanza.

Una bella scala in legno conduceva al secondo piano.

L'unica cosa che sembrava fuori posto era un grande cesto di vimini vuoto vicino alla porta d'ingresso.

"Nervoso?" lei chiese.

"Apprensivo", ho risposto.

Le sue labbra erano rosse come quelle del nostro primo incontro.

Il colore del suo rossetto si scontrò grosso modo con la sua pelle pallida.

Aveva raccolto i capelli in un'unica treccia che correva al centro della schiena.

Mi è venuto in mente "Potentemente attraente".

"Non esserlo. Ti dirò quello che voglio. Non pensare, fallo e basta." Mi stava regalando di nuovo quel sorriso amichevole. "È una cosa di controllo, mi piace controllare i controller."

Adesso era nervoso.

"Abbiamo parole sicure o qualcosa del genere?"

Aveva fatto una piccola ricerca per quanto riguarda il dominio.

Avevo pensato che fosse dove stava andando, e l'avevo appena confermato.

"Ogni volta che senti che è troppo, puoi andartene senza problemi", ha detto senza un sorriso, "ma ovviamente ciò annullerebbe i nostri accordi".

Ho sorriso alla situazione.

A volte devi solo entrare nei buchi che scavi.

Devi solo farlo con fiducia.

"Immagino di essere tutto tuo" dissi con un'alzata di spalle.

"Mi piacerebbe cancellarti quel sorriso dal viso", rivelò.

Il suo sorriso ora era più grande del mio e non era più amichevole.

Ho costretto il mio ad aumentarlo.

Vedremo quanto di me può cambiare.

Rise del mio sorriso.

"Sapevo che sarebbe stato divertente."

Il grande orologio in cima alle scale cominciò a battere l'ora.

"Voglio tutte le tue cose in quel cestino. Ecco dove dovrebbero essere fino a quando non vai", disse, indicando il cestino di vimini.

Adesso era in suo possesso ed era un ordine.

Semplice, ho pensato.

Lasciai le chiavi, il telefono, l'orologio e il portafoglio nel cestino e mi voltai a guardarla.

"Ho detto tutte le tue cose, cagna!" Lei ha ordinato.

Il suo tono mi colse di sorpresa.

Per qualche ragione, ho pensato che sarebbe stato un po 'più cordiale.

Ho stretto i denti quando ho capito che si stava riferendo ai miei vestiti.

Sapevo che ci saremmo arrivati in tempo, ma stavo pensando alla camera da letto o qualcosa del genere.

Mi misi la polo sopra la testa e la lanciai nel cestino.

Ero a disagio che si fosse mosso così in fretta per fare la sua richiesta.

Ho rallentato a un ritmo più lento: il mio ritmo.

Mi inginocchiai e slacciai casualmente la scarpa.

Ho sentito il ronzio prima di sentire la punta acuta sulla mia schiena nuda.

"Merda!" Ho urlato, più per la sorpresa che per il dolore.

"Più veloce, sei in mio potere, cagna!" ha corretto.

Ho guardato la faccia di un demone.

Le stesse labbra rosse, semplicemente increspate in un'espressione del male.

Nella sua mano, un cavallo equestre nero lungo circa due piedi.

Alla fine c'era un pezzo di pelle avvolto.

Questo è stato il punto in cui ho davvero iniziato a mettere in discussione la sanità mentale dell'accordo che avevo raggiunto.

L'orologio non aveva nemmeno finito il suo nono squillo e stava avendo serie riserve.

Avevo perso il sorriso.

"E non ci saranno più esplosioni disgustose dalla tua bocca", continuò, "mi rivolgerai a me come Padrona. Capisci?"

Avevo una visione in testa di alzarmi e colpire il pugno su quelle labbra rosse succulenti.

Ma ho visto Janeth piangere e Ralph che cercava di confortare la sua nuova moglie.

Lo stomaco mi batteva forte.

"Sì," dissi piano e accelerai il nudo.

Il clic fu più forte e io rabbrividii prima che mi colpisse.

Ho trattenuto una tempesta di espettorato e ho appena emesso un piccolo ringhio.

"Se quello?" richiesto.

Era una sottomissione totale.

Era contro ogni cosa nel mio essere.

Ventiquattro ore?

Non ero sicuro di cosa sarebbe successo nel primo minuto.

"Sì, padrona" dissi sottovoce.

Gettai rapidamente scarpe e calzini nel cestino e mi alzai per togliermi i pantaloni.

Il suo sorriso era tornato.

Torna al sorriso caldo e accogliente.

Accidenti, le era piaciuto.

L'ho preferita fastidiosa.

Era arrabbiato ed era giusto che soffrisse anche lei.

Mi sono tolto i boxer e i pantaloni con un solo movimento.

Non li ho messi nel cestino.

Invece, li ho buttati via con un atteggiamento di disgusto.

Non mi è piaciuto.

Il cestino scivolò di qualche centimetro con la forza.

Ho ricevuto un sorriso sarcastico.

Non ero sicuro che fosse a causa del mio atteggiamento o del fatto che il mio cazzo ora esposto non mostrasse molto interesse per la situazione.

"In ginocchio!" richiesto.

Caddi rapidamente a terra, il freddo marmo mi schiacciava le ginocchia.

Ho mantenuto la mia espressione di disgusto e mi è sembrato stimolante, per quanto un uomo nudo potesse, nei suoi occhi.

"Guarda giù!" lei ha ordinato.

Questa volta mi sono mosso lentamente.

Mi sono assicurato prima di dargli uno sguardo inquietante mentre i miei occhi si spostavano sui suoi, lungo il suo petto, oltre il suo bacino e fino ai suoi piedi.

Era piuttosto magra e in forma per quaranta.

"Cagna di quarant'anni", mi sono corretto.

Si sporse accanto al mio orecchio.

"Resta così. Mentre mi preparo, pensa a una buona scusa con il cestino per l'accaduto," sussurrò ad alta voce.

Il suo alito caldo mi fece rabbrividire lungo la schiena.

Le sue parole mandarono furia attraverso il mio sangue.

Dannazione se mi scuserò per un cestino.

Si diresse verso le scale.

CAPITOLO 5

La volpe mi ha lasciato lì, inginocchiato sul freddo marmo, per quindici minuti.

Lo sapevo, perché ho tradito guardando l'orologio in cima alle scale.

Ho dovuto mostrare la mia ribellione dove potevo.

Rimanevano solo ventitre e tre quarti.

La mia testa era abbassata, ma i miei occhi filtrarono segretamente verso l'alto mentre il demone scendeva le scale.

Mi aspettavo una specie di vestito magro in lattice nero con tacchi a punta lunga.

Ma non mi aspettavo cosa stesse scendendo le scale.

Era completamente nuda.

Niente, nemmeno gioielli o decorazioni.

La sua mano reggeva ancora con sicurezza la frusta maledetta.

Ho maledetto il mio cazzo mentre iniziava a rispondere leggermente al suo seno che rimbalzava ad ogni passo che facevo.

Stava salendo le scale, mostrando chiaramente il risultato di qualsiasi programma di allenamento eseguito.

"Cagna, cagna, cagna," ho corretto il mio cervello.

Il mio cazzo mi ha ignorato come un traditore viscido.

Si fermò di fronte a me, con la testa che puntava ai suoi piedi, i miei occhi che si scrutavano tra le sue gambe.

Mi odiava per voler vedere.

Eccola, a cinquanta centimetri di distanza, una bella fessura senza peli, nuda come il giorno in cui era nato.

Ho deglutito prima di sbavare e costringere i miei occhi a terra.

'Cagna, cagna, cagna. E cazzo il mio cazzo insidioso. '

"Le tue scuse?" Sembrava una domanda, ma sapevo che era un ordine.

Mi ero completamente dimenticato di trovarne uno.

È solo un cesto di merda.

"Mi dispiace cestino" mormorai.

Non riusciva a credere quanto fosse imbarazzante dirlo.

Il clic mi avvertì ancora una volta di ciò che stava per accadere.

"Quello ... non ... sembra ... sincero!"

Sottolineava ogni parola con una frustata dalla frusta alla mia coscia e fianchi.

Uno alla volta era gestibile.

Ho involontariamente arricciato gli occhi e ho a malapena apprezzato la raffica di pugni.

Le visioni di afferrare la cosa dalla sua mano e frustare attraverso il suo corpo inondarono il mio cervello.

Perché sono d'accordo con questo?

Si fermò, immaginai che mi avrebbe lasciato riprovare.

Lascio che i miei occhi si alzino un po ', più per vedere se un altro colpo sta arrivando.

Quello che vidi fu qualcosa che brillava sulle labbra della sua vagina.

Il mio dolore la eccitava.

Questa è stata una sconfitta, non importa come ho reagito.

"Mi dispiace tanto, signora Basket. Non ti mancherò mai più di mancare di rispetto."

L'ho estratto dalla parte superiore della mia testa e l'ho spiegato chiaramente.

La strega si accovacciò al mio livello.

Osservai brevemente mentre le sue labbra inferiori si aprivano e mostravano il fiore rosa bagnato.

Mi ha sollevato il mento e ha costretto i miei occhi a quelli di lei.

"Ti credo", disse con quell'amorevole sorriso.

Accidenti, l'ho resa di nuovo felice.

E quelle fottute labbra rosse lucenti erano a pochi centimetri dalle mie.

Li volevo tra i denti per poter mordere e vedere se il loro sangue era rosso.

Ero sicuro che la mia rabbia fosse evidente sul mio viso.

Il suo sorriso aumentò quando i suoi occhi caddero tra le mie gambe.

Il mio cazzo aveva deciso di ignorare la mia rabbia e godermi la sua nudità.

"Toccalo e ti mostrerò la vera rabbia", ha sottolineato con le labbra rosso rubino.

Ha sottolineato il suo punto toccando leggermente la mia erezione con l'estremità di cuoio della frusta.

Rabbrividivo per le implicazioni.

Il mio cazzo insidioso si spostò sull'attenzione.

Vaffanculo, era tutto ciò che mi veniva in mente.

Si alzò mentre inclinava la testa a terra.

I miei occhi tornarono in piedi, notando che le loro unghie erano impeccabilmente dipinte di uno smalto rosso brillante.

"Seguimi" mi ordinò e si diresse verso le scale.

"Sì, signora" dissi senza pensare.

Strinsi le mani a pugni per punirmi per essermi innamorato del suo gioco.

Mi facevano male le gambe quando mi alzavo.

Non si sono davvero goduti la posizione in ginocchio e si sono lamentati fino a quando non sono stato in grado di raddrizzarli di nuovo.

Salendo le scale sono riuscito a far fluire il sangue attraverso di loro e riacquistare il loro vigore.

L'ho seguita da dietro salendo i gradini a disagio.

Ho immaginato situazioni con una specie di camera di tortura.

E vedere il suo culo stretto non stava aiutando nulla nella situazione.

Ad ogni passo oscillava a destra o sinistra, ma non rimbalzava mai.

Era come un cuscino solido che implorava di essere accarezzato.

Ho tenuto le mani ferme e ho cercato disperatamente di ignorare la vista.

Cagna, cagna, cagna.

CAPITOLO 6

L'ho seguita lungo il corridoio fino a una stanza all'altro capo.

L'apprensione mi ha colpito di nuovo duramente.

Ecco esattamente dove sarebbe una stanza del sesso privata.

Lontano dal solito passaggio in cui gli ospiti non avrebbero potuto inciampare.

Il mio cuore ha accelerato un po '.

L'idea di essere legata a uno strano artefatto con la strega demoniaca in completo controllo non era un'idea molto piacevole.

Potrei giocare sottomesso, ma non credo di poter andare fino in fondo.

Ho rallentato i miei passi, cercando di concedermi del tempo per pensare.

Non era nemmeno passata un'ora intera.

L'ho vista scomparire nella stanza.

Mi sono fermato, ho chiuso gli occhi e ho cercato di pensare fino a che punto ero preparato ad andare.

Era disposto ad andare avanti finché poteva fermarlo se lo voleva.

Questa era la linea che non era disposto a superare.

Essere schiavi non era un'opzione.

Anche se dovessi aspettare in fila per i disoccupati, non glielo darei.

Il mio orgoglio è tornato duro.

Ho camminato in avanti con uno scopo.

Questo stava cominciando a finire ora.

Entrai nella stanza e persi il filo dei miei pensieri.

La stanza era luminosa e ariosa.

Due portefinestre si aprivano su un balcone coperto di vasi di fiori colorati che davano alla stanza il suo profumo.

C'era un cassettone bianco con bottiglie e lozioni e una pila di asciugamani bianchi freschi.

Al centro della stanza c'era un lettino da massaggio.

E lei giaceva a pancia in giù con la testa su un piccolo cuscino, i suoi occhi mi guardavano come pugnali.

"Spostati, cagna!" Sputò "L'olio caldo è sul comò".

Un massaggio potrebbe farlo.

Se evitassi i suoi occhi malvagi, apparirebbe sbalorditivo sul tavolo.

Aveva la curva giusta nella parte bassa della schiena per accentuare il suo sedere.

Ho sorriso per fortuna.

"Scusa, padrona", dissi, muovendomi rapidamente attraverso il petrolio.

Mi ha colpito nel culo con la frusta quando sono passato.

Così ho dato un piccolo brivido che sembrava soddisfare il suo bisogno di punire.

In verità, non c'era forza dietro.

Se ci pensate, ora ero responsabile.

La sua pelle era in balia di me.

Non ero nemmeno arrabbiato con il mio cazzo mentre lottava per far emergere la bellezza davanti a me.

Mi gettai un asciugamano sulla spalla e tirai fuori l'erogatore di olio caldo dalla stufa.

Potevo sentire l'odore di lavanda che emanava l'olio quando mi sono trasferito al tavolo.

"Inizia con le mie braccia", disse piano.

Lasciò la frusta su un'estremità del tavolo e mise entrambe le braccia lungo i lati.

Ho versato una spruzzata di olio sulle mani e le ho strofinate insieme per ottenere un composto buono e uniforme.

Ho iniziato con la mano destra, in particolare il palmo, con i pollici.

Sapevo una o due cose su come massaggiare.

Ne ho avuti alcuni molto buoni e ricordo come è stato fatto.

Una volta ne avevo uno su una nave da crociera che praticamente mi portò in paradiso.

Quella donna più anziana di sessant'anni aveva le mani di un angelo.

Ha trasformato tutti i miei muscoli in gelatina.

Avrebbe cercato di raddoppiare i suoi talenti questa volta.

La signora Buttingson gemette mentre trascinavo i pollici sul suo palmo.

Ho sentito i muscoli nella sua mano lasciare il suo stress.

Mi sono spostato al polso dopo un altro strato di olio, impastando delicatamente, aumentando lentamente la pressione mentre raggiungevo l'avambraccio carnoso.

L'ho vista respirare lentamente e ha riaggiustato la testa per consolarla.

Stava cadendo a pezzi nelle mie mani.

Ho applicato più olio e ho lavorato in circoli lenti attorno ai suoi bicipiti mentre guardavo il suo sedere.

Era davvero una cosa di totale bellezza.

Mi muovei intorno alla sua testa, oltre la frusta inattiva, verso la sua mano sinistra.

Ho ripetuto il processo su quel braccio con più gemiti dati dal diavolo per una risposta.

La mia testa fluttuava con la visione di afferrare la frusta e dipingere alcune belle strisce sul suo culo sodo.

Fu in quel momento che mi resi conto che mi stavo un po 'innervosendo.

Sono stato in questo per circa quindici minuti e mi sentivo come se fossi stato in questo gioco per un secolo.

"Smettila di guardarmi il culo", ordinò.

Mi sono reso conto che i suoi occhi stavano guardando i miei.

"È difficile da ignorare, padrona" dissi e sorrisi.

Penso che due potrebbero giocare a questo gioco.

Non aveva detto niente di male e le aveva appena fatto un complimento velato.

Forse pensava di averle detto che il suo sedere andava bene, o era troppo grande, o significava solo che era nudo.

Potevo notare i pensieri dietro il suo sguardo e godermi la sua confusione.

Mi sono spostato sulla sua testa, mi sono coperto le mani con più olio e ho iniziato a lavorare sulle sue spalle.

"Perché è difficile ignorarlo?" chiese con un tono che suonava un po 'minaccioso.

Il lungo ritardo tra la mia affermazione e la tua domanda è stato delizioso.

Tutte le donne dubitano del proprio corpo.

Perfino una cagna ricca e potente come lei.

Non ci voleva un genio a sapere che aveva colpito un punto debole.

"Non sono io a dirtelo, padrona."

L'ho schivato come servitore all'inizio del XIX secolo.

Aveva poco potere nella relazione, ma avrebbe afferrato ciò che poteva.

Sapevo che questo poteva esplodere in faccia, ma che diavolo.

Alcuni rischi sono più divertenti di altri.

Gemette mentre io impastavo saldamente dietro le orecchie e lungo il collo.

"Smetti di scopare e rispondi" sospirò.

È stato difficile per lei arrabbiarsi mentre lavorava al collo.

Poteva sentire i muscoli perdere il desiderio di rimanere svegli.

"Beh, si distingue un po ', signora", ho preso un rischio.

Sapevo che in quel momento la situazione si stava inclinando verso il lato negativo dello spettro.

Potevo sentire i muscoli stringersi sotto le dita.

Potrebbe aver preso in giro un po 'troppo la presa in giro.

Mi sporsi nel suo orecchio e sussurrai:

"Perché è fottutamente perfetto."

Ho omesso la Padrona solo per prenderla in giro.

Voleva vedere come avrebbe gestito un complimento misto a insubordinazione.

Alzò lentamente la mano, afferrò la frusta e mi toccò leggermente la coscia.

"È fottutamente perfetto, padrona", ho ribadito.

"Allora hai il permesso di guardarmi il sedere", disse assonnato e rimise la frusta e la mano sul lettino da massaggio.

Vidi un mezzo sorriso e sapevo che sotto il suo esterno duro c'era una donna timida.

Un punto per me.

Ho iniziato a lavorare sulla sua schiena.

Appoggiai le mani unte sulla sua spina dorsale appena sopra il suo sedere.

Poi sono tornato indietro lungo i lati verso l'alto, graffiando a malapena i lati del suo seno schiacciato.

La mia immaginazione è stata attivata e ho visto quelle labbra rosso rubino che circondavano il mio cazzo mentre mi muovevo da un lato all'altro lungo la sua schiena.

Ci sarebbe voluto solo un po 'di inclinazione della testa per farlo.

Tornai rapidamente al suo fianco per togliermi l'immagine dalla testa.

Avevo un disperato bisogno di gestire la mia erezione.

Ho trascorso altri dieci minuti sulla schiena prima di alzarmi.

Se vuoi davvero rilassare qualcuno, prova un massaggio con olio caldo sulla pianta dei piedi.

L'ho quasi dormita mentre lavoravo sulle sue dita dei piedi e si strofinava la suola con i pollici.

Sono stato anche in grado di calmare la mia erezione, almeno fino a quando ho alzato lo sguardo.

Incastonata tra le cosce, proprio sotto il suo sedere perfetto, una parte del suo intimo fiore era esposta.

Ho sentito una fitta eccitare di nuovo il mio cazzo.

Ho cercato di distogliere lo sguardo, ma c'era un'accogliente lucentezza sulle labbra esposte.

Era bagnata e io ero caldo come l'inferno.

Labbra splendide, culo perfetto e figa lucente: questo era più di quanto un uomo dovrebbe sopportare.

Mi sono costretto a guardare i suoi piedi e raddoppiato i miei sforzi.

Non passò molto tempo prima che i miei occhi tornassero all'apice delle sue cosce.

Le mie palle stavano già iniziando a farmi male.

Mi sono spostato di lato e ho iniziato a lavorare sulla sua parte inferiore della gamba.

Ha ripristinato la sua posizione sul cuscino con gli occhi chiusi.

Ho potuto vedere il suo culo meraviglioso solo ora.

Entrambi i set di labbra sono stati nascosti da me, il che ha aiutato un po '.

Ho rivolto la mia mente agli affari.

Ho pensato a cosa si potrebbe fare con il nuovo capitale circolante.

Potrebbe aumentare il marketing e quindi aumentare le vendite una volta che saremo di nuovo operativi.

Potrei assumere Ralph per un po 'di aiuto e accelerare lo sviluppo finale.

C'era una società specializzata in interfacce utente che poteva migliorare l'esperienza dell'utente.

Quei pensieri non diminuirono il gonfiore, ma calmarono gli impulsi immediati.

Altri quindici minuti e solo il suo culo non era oliato.

Per quanto volessi impastare quella carne stretta, non pensavo che le mie povere palline potessero gestirla.

Inoltre non ero sicuro che il suo ritorno mi avrebbe fatto qualche favore.

Forse l'ora che aveva già trascorso con lei sarebbe bastata.

"Mi stai volutamente ignorando il culo", ha detto in tono sprezzante.

Ho smesso di respirare per un momento mentre guardavo la sua perfezione tesa.

Era tempo per una piccola verità.

"Sto per esplodere, padrona" dissi riluttante.

Speravo che mostrasse un po 'di pietà.

Cavolo, questo mi faciliterebbe.

Sollevò pigramente la testa e mi guardò tra le gambe.

Ho seguito il suo sguardo.

C'era una lunga catena di liquido preseminale chiaro dalla punta del mio uccello sul pavimento, che terminava in una piccola pozzanghera.

"Oh", disse con poca compassione, "per il bene dei tuoi dipendenti, spero che tu non perda tutto prima che finisca il tempo." Appoggiò la testa sul cuscino. "Andare avanti con il lavoro."

"Maledetta stronza!" Mi sono detto.

L'ho quasi espresso ad alta voce, ma il suo riferimento ai miei dipendenti mi ha fatto trattenere.

Era una puttana demoniaca sexy e malvagia.

Non sono mai stato così basso in vita mia.

Mi coprii di nuovo le mani con olio, chiusi gli occhi e impastai quei magnifici glutei.

Ho provato a immaginarmi di impastare la pasta per pizza.

Non ha funzionato

Ho finito per mordermi l'interno della guancia finché non ho assaggiato il sangue.

La odiava con passione all'epoca.

Stavo iniziando a pensare che i miei pensieri precedenti dal sotterraneo sarebbero stati preferibili.

Il dolore mi stava aiutando, quindi mi sono morso la lingua.

Difficile.

Ho applicato più olio e ho deciso di suscitare scalpore.

Questa volta ho passato il lato della mia mano tra le natiche, deliberatamente lungo il suo ano.

Non l'ho fatto teneramente e non ho fatto finta che fosse un incidente.

Ho visto i suoi piedi saltare.

Non più di questa merda lenta e carina.

Il mio cazzo mi stava uccidendo e rabbia e dolore erano le uniche cose che mi davano un leggero respiro.

A proposito, ho trascinato la mano nella fessura e mi sono assicurato che il suo ano non fosse ignorato.

Ho visto tutto il suo corpo contrarsi e la sua testa è salita.

Rotolò su un fianco, il culo fuori dalla mia portata.

"In ginocchio!" lei ha urlato.

Mi sono inginocchiato e ho lasciato cadere gli occhi a terra.

Non riuscivo a credere quanto stavo respirando.

Almeno non potevo più vedere la sua nudità.

Il mio povero cazzo si muoveva, chiedendo sollievo.

Ho chiuso gli occhi e ho pregato per il dolore.

Ho sentito il ronzio e non ho sussultato quando mi ha colpito sulla schiena.

Mi è piaciuto il dolore.

Mi sono appoggiato a questo.

È stata una distrazione meravigliosa.

Dalla mia bocca uscì un suono, non un gemito, ma un gemito di sollievo.

Un altro ronzio, più forte del primo, fischiò oltre l'orecchio e mi colpì al petto.

Questa volta ho emesso un "ahhh" quando il sangue ha iniziato a lasciare il mio cazzo e tornare al mio corpo.

Non c'è stato un terzo successo, anche se ho desiderato un terzo.

"Altro" lo supplicai.

Ho dovuto perdere la lussuria.

Ero arrivato così lontano che ho deciso di non fermarmi ora.

Volevo che la passione fosse presa da me.

Mi ha risposto in silenzio.

Aprendo gli occhi, alzai lo sguardo.

Stava davanti a me nella sua nuda gloria, quelle labbra piene di rosso rubino e la sua frusta nera in mano.

Aveva confusione in faccia.

Non mi piaceva, anche se sapevo di doverlo fare.

"Per favore" lo supplicai di nuovo.

Temevo che le mie parti si sarebbero spezzate.

Volevo, per la prima volta nella mia vita, perdere l'erezione.

Sollevò la frusta, ci ripensò e la lasciò cadere accanto a lui.

"Abbassa gli occhi! Resta così!" Ordinò e poi lasciò la stanza.

CAPITOLO 7

Non ho idea di quanto tempo fosse passato.

Tutto quello che sapeva era che il silenzio e la mancanza di stimolazione visiva riportavano lentamente tutto alla normalità.

La mia frequenza cardiaca è diminuita e mi sono sentita di nuovo calma.

A quel punto ho avuto difficoltà a capire come sono arrivato al punto in cui chiedevo di essere sculacciato.

Ho saputo che ovviamente non le piaceva che le venisse chiesto.

Aveva guadagnato un altro piccolo controllo.

Quando il demone tornò, mi trovò ancora in ginocchio a guardare il suolo.

All'epoca era una specie di posizione terapeutica per me.

Mi ha permesso di pensare senza distrazioni e il leggero dolore alle ginocchia mi ha aiutato a scendere dalla mia situazione pre-orgasmica.

Si appoggiò allo schienale del tavolo.

"Ricomincerai", disse, "rimarrai calmo e le tue dita saranno dolci."

Sembra che avesse dei limiti al suo dominio.

Penso che abbia trovato il mio limite ed era disposta a fare un passo indietro, ma non lo avrebbe ammesso.

Sono stato sorpreso di sentire la parola "amore".

Non sembrava adattarsi alla disposizione che aveva escogitato.

E non era esattamente una buona descrizione di ciò che stava facendo quando gli ho attaccato il sedere.

Mi alzai, flettendo le ginocchia, per recuperare il sangue nelle gambe.

Era magnifica sdraiata lì.

I seni si erano leggermente rilassati ai lati e i suoi capelli scorrevano sul cuscino e sul pavimento.

Si era tolta la treccia che dava ai suoi capelli un attraente ricciolo.

Ma ero un po 'stressato.

Questa donna stava calcolando.

Mi sono ripromesso di rimanere cauto.

"Da dove vorrebbe iniziare la mia padrona?"

Era agli inizi del XIX secolo.

Ho sorriso, sentendomi più come se fossi di nuovo.

"Braccia, spalle, seno, pancia e poi la figa. In questo ordine" dichiarò senza riserve.

Il mio cazzo sussultò.

Puttana, ho pensato.

Stava cercando di essere più provocatoria.

Stava per farmi tornare di nuovo da indossare.

Mi avrebbe "ucciso" con ansia.

Quando ha detto "amore", intendeva uccidere lentamente.

"Sì, padrona", risposi.

Mi sono oliato le mani e ho cercato di pensare al baseball.

Odiavo il baseball.

Andai a lavorare tra le sue braccia, lentamente come lei esigeva.

Sono stato in grado di tenere gli occhi lontani dalle sue parti e concentrarmi solo dove erano le mie dita.

Sapeva che avrebbe funzionato solo fino a quando non avesse raggiunto il seno, ma ora stava funzionando.

Il mio cazzo era piuttosto svuotato e spero di poter andare in pensione.

Con la coda dell'occhio, vidi un sorriso consapevole.

Cagna, cagna, cagna.

Quando ho raggiunto le sue spalle, ho dovuto stare in piedi sulla sua testa.

La mia visione periferica stava catturando le sue labbra e il suo seno rubini.

Il mio cazzo lo rispettava come se fosse un segno di incoraggiamento.

Respirai lentamente, cercando di rallentare la frequenza cardiaca.

Abbassai gli occhi e vidi solo le sue labbra.

Quelle due bellissime labbra rosso rubino.

Li stava leccando alla leggera.

Ho rapidamente guardato nei suoi occhi e ho visto l'umorismo in loro.

Quindi sospirò, aprendo delicatamente le labbra.

Ha dato un lungo battito di ciglia quando ha visto il mio cazzo ricominciare a crescere.

Almeno la sua stanchezza potrebbe rallentare un po 'la sua rinascita.

Quando lo guardai di nuovo negli occhi, si stava mordendo teneramente il labbro inferiore.

"Padrona, per favore" la supplicai.

Mi aveva e lo sapeva.

Avrei dovuto cercare di negoziare più duramente, forse meno tempo più frequentemente alle date.

Ventiquattro ore sembravano oltre la normale resistenza maschile.

"Il mio seno adesso."

Ignorò le mie richieste e mantenne la pressione.

Il suo sorriso tornò a quella cattiva qualità.

Ho applicato un nuovo strato di olio sulle mie mani.

Ho smesso di assicurarmi che fossero ben coperti.

Avevo bisogno di tutti i bloccanti che potevano aiutarmi.

Mi sono sporto in avanti e, mentre lo facevo, ho sentito i suoi capelli allargati solleticarmi la punta del mio cazzo.

Sono quasi saltato fuori da me stesso quando ho sentito la dolce carezza delle sue trecce.

Una piccola mezza risatina sfuggì alle labbra della cagna.

Ho iniziato a muovermi accanto a lui, lontano da quei fili marroni solleticanti.

"Resta dove sei e concentrati sui capezzoli", ordinò. "E teneramente", ha aggiunto, probabilmente ricordando il mio lavoro precedente.

Cercando di non muovere il bacino in alcun modo, ho iniziato a massaggiare teneramente il seno.

Metto con cura i capezzoli tra il mio indice e il pollice.

Ho sentito i suoi capelli strisciare attraverso la mia crescente erezione.

"Mmmm, mi sento bene", sussurrò mentre scuoteva lentamente la testa a sinistra e a destra, trascinando i capelli da un lato all'altro.

"Padrona, per favore," la supplicai di nuovo.

Il mio cazzo stava iniziando a guadagnare il suo precedente vigore, quindi la situazione era al limite della paura.

Non era sicuro di quanto potesse sopportare prima che il danno fisico fosse ristabilito.

Voglio dire, il dolore alla palla era una cosa, ma abusarne doveva essere dannoso per la genitorialità.

"La pancia adesso", ordinò e indicò il suo lato destro.

Sospirai mentre mi spostavo rapidamente di lato e rinfrescavo il mio olio.

Intendeva trascorrere più tempo possibile lì.

Se socchiudi gli occhi correttamente, puoi formare un piccolo tunnel di visione che annulla quasi completamente la tua visione periferica.

Ho imparato quell'abilità in quel momento.

Le sue tette e la sua figa sbiadirono alla vista e io mi concentrai felicemente sulla sua pancia.

Ho dovuto apprezzare il successo di qualsiasi programma di esercizi che stavo prendendo di mira.

Poteva sentire i muscoli sotto la pelle.

Se fosse stata un uomo, avrebbe avuto un pacchetto super plus.

"Immagino che, essendo un uomo, hai pensieri sul mio seno vivace," disse in tono colloquiale, "probabilmente vorrai sapere come sarebbe far scivolare il tuo cazzo tra di loro."

Le visioni hanno invaso di nuovo il mio cervello.

Abbassai gli occhi e non vidi altro che seni lucidi e scivolosi.

"Oh Dio!" Ho esclamato mentre il sangue inondava di nuovo il mio cazzo.

Ha ignorato la mia mancanza di servilismo nella mia lingua.

"Sospetto che sarebbe caldo avere il tuo cazzo avvolto tra di loro. Quanto pensi di poter durare prima di svuotarti sulle labbra?"

Il suo tono era indifferente.

Le mie ginocchia si stavano indebolendo e ho avuto le vertigini.

Ho chiuso gli occhi e ho iniziato a iperventilare.

Stavo lottando duramente per togliermi dalla mente l'immagine delle sue labbra coperte di sperma.

È estremamente difficile non pensare a qualcosa del genere quando ti viene detto.

"Olio nella mia figa ora", ha detto.

Alzò le ginocchia e allargò le cosce.

Stavo lavorando duramente per indebolire mentalmente l'erezione mentre mi oliavo di nuovo le mani.

E stava fallendo miseramente.

"Mi piace davvero perché non sai mai cosa può succedere."

Il mio cazzo è emerso di nuovo dalle sue parole.

Mi sono quasi chinato per svuotarlo.

Un milione di dollari: questo era il significato del suo contributo e dell'estensione del prestito.

Era solo un caso di palle dure tra un milione di dollari.

Mi sono morso la lingua e ho massaggiato l'olio nella sua fica il più delicatamente possibile.

Ho sentito ogni cresta e il dare e avere delle sue labbra tenere e morbide.

Ma senza vedere nulla, tenendo gli occhi chiusi.

"Usa entrambe le mani. Voglio che tu mi dia un bel orgasmo lento", ordinò.

Sono andato a lavorare facendo un respiro profondo, trattenendo ogni respiro per alcuni secondi, quindi rilasciandolo lentamente.

La mia mano sinistra era impegnata a provare il suo cappuccio per eccitare il clitoride.

Ho lentamente inserito due dita della mia mano destra nella sua apertura calda.

Non aveva bisogno di petrolio, il suo tormento su di me era abbastanza per assorbire tutto il suo canale.

"Sì, mi sento bene", ha incoraggiato, "beh, simpatica e lenta."

Non avrei potuto.

Anche con gli occhi chiusi, i miei sensi sapevano dove erano le mie mani.

Stavo per lanciare il mio carico e anche se non avrei mai toccato il mio cazzo.

C'era solo una soluzione.

"Sei una cagna!" Ho annunciato e spostato il mio culo verso la testa del tavolo.

Il fischio della frusta era quasi istantaneo.

Stava aspettando che mi spezzassi.

Questa volta gli ho dato quello che voleva, ho urlato di dolore quando la frusta ha trovato il mio culo.

I suoi fianchi si sollevarono.

Ho urlato di nuovo quando il secondo colpo è atterrato e ho sentito i muscoli della sua figa premere contro le mie dita.

La frusta cadde a terra mentre il suo orgasmo prendeva il pieno controllo del suo corpo.

La mia mano sinistra si mosse rapidamente, giocando con il suo clitoride, mentre la mia mano destra le forzò più profondamente le dita.

Un forte gemito echeggiò sul balcone e la sua schiena inarcata.

Il gemito si alzò e cadde di frequenza mentre ondate di piacere scorrevano attraverso il suo corpo.

Feci fatica a trattenere l'assalto con le dita.

Quando sono caduti i fianchi, ho ridotto la mano sinistra a carezze morbide.

La mia destra è andata a un lento massaggio interno.

Sospirò rumorosamente e si inginocchiò.

Il mio bisogno si era leggermente attenuato mentre mi concentravo su quello di lei.

Una strana relazione inversa.

Estrassi attentamente le mani mentre il suo respiro rallentava.

Abbassai lo sguardo sul suo corpo inerte e sazioso e in qualche modo lo trovai bellissimo.

Mi sono chinato e ho raccolto la frusta da terra.

Come un idiota, glielo ho consegnato.

"Spero che la mia Padrona mi perdoni di averla chiamata puttana", dissi con falsa sincerità, "sentivo di aver bisogno di un po 'di ... incoraggiamento."

Era preparato per un altro paio di colpi, ben posizionato.

Ne è valsa la pena fargli sapere che avevo la sua attenzione.

Sorprendentemente, prese la frusta e mi diede una pacca sull'avambraccio.

"Quel momento è stato eccellente", ha detto con il suo sorriso caldo e invitante.

Le spinsi teneramente una ciocca di capelli sudati dalla parte anteriore del viso alla parte posteriore dell'orecchio.

Aveva un forte desiderio di baciare quelle labbra rosso rubino.

Scossi la testa e distolsi lo sguardo.

La cagna mi ha torturato per oltre un'ora.

Non avrei iniziato a piacermi ora.

Penserò di piacermi lunedì quando avrò un milione di dollari.

Ventiquattro ore improvvisamente non sembravano così imponenti.

CAPITOLO 8

Si sedette sul bordo del tavolo.

"Adesso mi farai il bagno", disse mentre si controllava di nuovo.

Pregavo che il mio cazzo lo vedesse come un'operazione clinica.

Ero davvero preoccupato per quante erezioni insoddisfatte un uomo può avere in un giorno.

Forse un cazzo potrebbe mollare e non rialzarsi mai più.

Non ero un fan di questa merda di rifiuto.

Quando si alzò, il suo piede scivolò sul pavimento.

Ho visto la parte posteriore della sua testa muoversi rapidamente per colpire il tavolo.

Senza pensare, ho allungato la mano e lei è finita in salvo tra le mie braccia.

Sospirai di sollievo.

L'adrenalina pompata nel mio sistema mi fece tremare un po 'quando la sollevai.

Non mi ero nemmeno reso conto che eravamo nudi e che le stavo tenendo il seno fino a quando non l'ho liberata.

Era la seconda volta oggi che vedevo confusione nei suoi occhi.

Per un breve momento, ha perso il controllo e sono diventato il controller.

Non so perché ho sentito il bisogno di mettermi nei guai, ma l'ho fatto.

"La padrona ha problemi a dire grazie?"

Ho sorriso quando l'ho detto.

Era un sorriso ironico che meritava uno schiaffo in faccia.

Volevo rafforzare la sua pazienza da quando aveva sempre giocato con la mia.

Ho ricevuto qualcosa che non mi aspettavo.

"Grazie, Richy," disse sinceramente.

Si sporse in avanti e mi baciò sulla fronte.

Era il tipo di bacio che una madre avrebbe dato a un bambino.

La differenza era che mia madre non aveva mai avuto labbra rosso rubino così sensuali.

Mi ritrovai ad appoggiarlo e desiderare che fosse più del bacio che era.

"Adesso pulisci il pavimento. La tua sbavatura dal tuo cazzo mi ha quasi ucciso."

La sua voce tornò immediatamente al cane.

Presi un asciugamano pulito e, sulle mani e sulle ginocchia, iniziai a pulire le piccole tracce di liquido pre-seminale che avevo lasciato sul pavimento attorno al tavolo.

Mi chiedevo se si potesse disidratare perdendo liquidi a questo ritmo.

Mi sono preso il tempo con lei in piedi dietro di me.

Sembrava divertirsi guardandomi nudo mentre puliva il pavimento.

Mi è piaciuto trattenere l'inevitabile ritorno alla sofferenza.

Forse potrei fare qualcosa di lavanderia o qualcosa del genere.

* * *

Quando la maggior parte delle persone fa il bagno, è una vasca da bagno con un rubinetto sollevato o uno spazio di plastica quattro per quattro.

A questa donna piacevano le docce.

Era un piccolo box con più soffioni a due vie e una specie di macchina per la pioggia che pendeva come una plafoniera.

C'era una panca, non una specie di sedile, ma una panca di marmo nero lunga circa sei piedi che correva lungo il muro.

Le pareti, il pavimento e il soffitto erano decorati con piastrelle a motivi geometrici, non a motivi geometrici, ma a motivi fatti di piastrelle di diversi colori.

Questi modelli erano di buon gusto con diversi stili a strati e fasciati.

Gli scaffali erano stati sistemati con bottiglie di plastica e utensili per la pulizia.

La luce naturale che filtrava dalle finestre gelide rendeva l'intera stanza molto attraente.

"Wow," dissi, dimenticando ancora una volta la "Padrona".

Non ero mai stato colpito da una doccia prima.

Non sapevo davvero di poter essere colpito da uno.

Non ho visto le chiavi dove mi aspettavo che fossero.

Aprire e chiudere l'acqua era un mistero.

Una volta avevo, molti anni fa, una ragazza a cui piaceva molto fare l'amore sotto la doccia.

Potevo solo immaginare l'orgasmo che avrebbe avuto in un posto come questo.

Non pensava a Wendy da anni.

Mi ha lasciato per un ragioniere che era un po 'più sposato.

La rottura è stata anche sotto la doccia dopo un po 'di sesso bagnato.

Voleva un gioco più umido.

Era al suo matrimonio cinque mesi dopo.

Era una brava ragazza e la desideravo davvero bene, ma da allora le docce non sono più state le stesse.

La signora Buttingson entrò nel bagno e andò a lavorare su un pannello piatto incastonato nelle piastrelle vicino alla facciata.

Le sue dita erano confuse quando praticava una serie di scelte e faceva alcune selezioni prima di poter leggere quali fossero.

Ha premuto un pulsante digitale verde che è apparso e lo schermo è diventato nero.

L'acqua ha iniziato a piovere dal soffitto in modo morbido ma ovviamente fluido.

Si fermò all'ingresso, in attesa.

Ho scrollato le spalle e ho aspettato con lei.

Fu forse quindici secondi dopo che sentii l'inizio della sinfonia.

Era uno che pensava di riconoscere, forse da Mozart.

Ho dovuto essere uno dei grandi compositori poiché le mie conoscenze in quell'area della musica erano molto limitate.

Potevo solo supporre che l'inizio della musica indicava che l'acqua aveva raggiunto la temperatura desiderata.

Non appena la musica è iniziata, ha oscillato nell'acqua.

Era quasi come se stessi ballando un po '.

L'ho trovato magico e molto erotico.

Il mio cazzo era disposto a ignorarlo nella crescente umidità.

Mi sono spostato dietro di lei e sotto la pioggia dell'acqua.

L'acqua era un paio di gradi più calda di quanto io ritenga perfetto.

Ovviamente, era la temperatura esatta che voleva.

Inzuppò i capelli sotto l'acqua che cadeva e li spazzò via dall'acqua sul suo viso.

Afferrò una bottiglia di qualcosa da un angolo.

"Prima i capelli", disse senza rispetto.

Presi la bottiglia dalla sua mano tesa.

Si sedette alla fine della panchina, le gambe distese sotto la calda pioggia.

Misi un ginocchio sulla panca per avvicinarmi e fui sorpreso che non sentisse il freddo marmo.

La dannata cosa era calda!

Ho messo un po 'di shampoo in mano e sono andato a lavorarci su.

Questa era stata la parte preferita di Wendy.

Le avrei massaggiato il cuoio capelluto sotto forma di shampoo e, quando avessi finito, mi avrebbe attaccato al muro con passione.

Sapevo di non poter rivivere quei meravigliosi bagni con questa cagna, ma potevo farle sentire qualcosa del genere.

Ho messo lo shampoo tra i capelli e ho prestato molta attenzione a strofinarsi le tempie ogni volta che le mie dita si sono avvicinate.

Sapeva cosa poteva fare a Wendy.

Pensavo di fare lo stesso con la mia tentatrice demoniaca.

Si appoggiò all'indietro tra le mie mani e gemette un po '.

Sì, la stava influenzando molto.

Mi piaceva il potere che mi dava, la consapevolezza che almeno il suo sistema nervoso stava svanendo davanti a me.

"Non osare smettere", ordinò con un sorriso.

Non ho idea di cosa pensassero le donne di me fuori dalla camera da letto, ma nessuna si era lamentata delle mie coccole.

Si stava godendo i preliminari, gli atti disinteressati di passione che mandano una donna tra le nuvole.

Ho impiegato quei talenti qui.

Più la rendeva felice, più breve sarebbe quando ha escogitato più sofferenza.

Ma non avrei potuto essere più sbagliato.

CAPITOLO 9

La vidi allargare le gambe mentre allungava il collo tra le dita.

La sua mano si mosse sensualmente tra le sue gambe e un lamento sfuggì alle sue labbra.

Non aveva mai visto una donna lamentarsi prima, almeno non di persona.

Sfortunatamente, il mio cazzo ha iniziato ad apprezzare quello spettacolo.

Inconsciamente, ho accelerato il movimento delle dita.

"Più lento", ordinò e si appoggiò all'indietro per darmi una visione di dove le sue dita erano occupate.

Ho cercato di non guardare, ma era troppo meraviglioso per mancare.

"Ho portato una donna qui una volta", disse seducente.

Increspai gli occhi e speravo che la sua storia finisse lì.

"Adorava l'acqua calda che scendeva a cascata nei nostri corpi. Mio Dio, adoravo i suoi seni. Erano così saldi con i capezzoli gonfi che hanno appena chiesto di essere succhiati."

Ha continuato la sua tortura mentre la sua mano ha aumentato il suo ritmo.

Ero di nuovo molto duro, cercando disperatamente di impedire alla mia erezione di sfregare contro di lei.

L'attrito potrebbe finire tutto rapidamente.

"Le cose che potrebbe fare con la sua lingua." Lei ha continuato a ricordare. "Quando era tra le mie cosce, potevo sentire la sua lingua arricciarsi dentro di me, portandomi in posti dove nessun uomo poteva mai portarmi."

"Scopami!" Stavo per venire.

Ho pensato di farlo con stile, semplicemente afferrando il mio membro e scaricando sul seno della cagna.

"Devo fare pipì, padrona!" Urlo.

E vorrei correre subito.

Doveva farmi fare pipì.

Era l'occasione che stava cercando.

Dammi un bagno e dieci secondi e scaricherò tutto.

Se questo mi permettesse di sopportare una delle prossime venti ore, sarebbe semplicemente una benedizione.

"Con un'erezione del genere, sarà difficile per te farlo", disse e sorrise consapevolmente.

Girò il suo corpo verso di me ed estrasse le dita tra le gambe.

Brillavano della loro umidità.

"Non mi hai nemmeno permesso di finire; e ti avrei detto quanto fosse stato meraviglioso."

E con quello, e con i suoi giochi sadici, si passò le dita coperte dall'umidità sulle labbra rosso rubino.

Inavvertitamente, gemetti.

Mi sono inginocchiato e ho stretto i pugni con le mani.

"Per favore, lasciami venire", gli sussurrai.

Il mio cazzo si muoveva da solo.

Questa donna potrebbe spingermi al limite a piacimento.

La mia compagnia, il mio sostentamento erano nelle sue mani.

La sua mano mi colpì forte sulla spalla.

Non avrebbe ripetuto correttamente l'invio.

Fottila.

"Hai vinto, cagna," ho detto e la mia mano è andata al mio boner.

Lo lascerei cadere qui sotto la doccia, che era un posto buono come un altro.

Si mosse più velocemente di quanto pensasse possibile.

La sua mano si alzò e mi afferrò il polso, non forte, lo afferrò e basta.

Abbastanza per farmi smettere.

"No", ha detto.

Sembrava disperata.

"Faremo una pausa. Sono andato troppo lontano, ma una pausa come l'ultima volta funzionerà."

C'era profonda preoccupazione nei suoi occhi.

Non stava cercando di spezzarmi, voleva solo il controllo.

Se avesse voluto, l'avrei costretta a lasciarmi fare.

Il mio cazzo è aumentato solo con quel pensiero.

Una pausa non era più un'opzione, l'accordo sarebbe nullo, che lo volesse o no.

Mi alzai lentamente, un'espressione di rabbia sul viso.

Stava buttando via un milione di dollari e stava rovinando la vita di molte persone.

C'era paura sul suo viso.

Afferrai una manciata dei suoi capelli lavati, inclinai la testa all'indietro e mi feci avanti.

Le mie labbra erano a pochi centimetri da quei desiderabili rubini rossi.

"Per favore, toccami" ringhii.

Non so perché l'ho implorato.

Una mano, tremante di paura, avvolse il mio membro e sentii tremare le viscere.

Senza permesso, ho unito le sue labbra alle mie.

Erano pieni e lisci come avevo immaginato.

I miei fianchi esplosero e io gemetti nella sua bocca.

Ho sentito il mio seme trattenuto per lungo tempo espulso dal mio cazzo.

Il sollievo fu enorme, il piacere oltre misura.

Non ho mai avuto un orgasmo così soddisfacente.

Ogni parte di me è emersa in felice unisono.

Le sue labbra risposero mentre esplodeva sulle sue gambe.

Ero in un paradiso momentaneo.

Non c'era parte del mio corpo che non formicolasse nell'esaltazione.

È stato davvero un bacio da un milione di dollari.

Ho rotto il bacio quando sono sceso dalle nuvole.

Cadde in ginocchio in quello che sembrava uno shock.

"Scusa, sei troppo sexy per ignorarti," mi scusai tra un respiro profondo.

Stavo per dire altro, ma avevo una compagnia da salvare.

L'ho lasciata lì, guardando a terra abbattuta.

Era durato poco meno di tre ore.

La prossima volta dovrei scegliere qualcuno con più controllo.

CAPITOLO 10

Avrei dovuto sentirmi male lunedì.

Non sono stato io.

Aveva deciso di gettare cautela nella spazzatura.

Non sono riuscito a raggiungere la nuova scadenza di trenta giorni con i miei dipendenti ignoranti del loro destino.

Avevano fatto troppo per portarmi così lontano.

Non è stata colpa sua se il capitale di rischio era andato all'inferno.

Ho convocato una riunione nella stanza centrale.

Il luogo in cui normalmente allestiremmo tavoli per feste di Natale o per una futura celebrazione pubblica.

Ho guardato le facce interrogative, ho assorbito il mio orgoglio e ho iniziato.

"Sono stato in trattative questo fine settimana per ottenere i fondi necessari per mantenere a galla l'azienda. Non ha funzionato, ma ho trenta giorni per trovarne di più".

Aveva nascosto bene i problemi dell'azienda a tutti.

La sorpresa era evidente sui loro volti.

"Sono fiducioso di poter acquisire i fondi necessari, ma se fallissi nel mio scopo, non vorrei che tu finissi le opzioni. Mi piacerebbe che tutti aspettassero la soluzione, ma so che alcuni di voi hanno famiglie e altre considerazioni."

Mi fermai per un momento per raggruppare i miei pensieri.

Ci avevo pensato molto domenica e sembrava già avere più senso.

"Ti sarei grato se trascorressi metà della giornata lavorativa per l'azienda e l'altra metà studiasse le tue opzioni. In questo periodo non abbasserò la tua retribuzione, anche se lavori metà. Posso garantirti la busta paga questo venerdì e quanto segue in due settimane. Dopo di che i nostri istituti di credito possono prendere la busta paga, quindi tienilo a mente quando fai i tuoi piani. Firmerò una lettera di raccomandazione e sarò felice di fornire riferimenti in modo che questa esperienza non offuschi la tua carriera. "

I miei occhi si inumidirono quando parlai della scomparsa di qualcosa che mi aveva messo così tanto.

"Mi dispiace molto essere arrivato a questo. Non è quello che meritano, ma meritano la verità."

Abbassai gli occhi perché non riuscivo più a guardarli.

Suonava meglio quando l'ho esaminato domenica sera.

Janeth mi ha abbracciato e mi sono sentito peggio.

Paul, il nostro commercialista, urlò:

"Sarò qui, pioggia o sole, Richy. Tienimi sempre aggiornato."

C'era un coro di offerte che mi ha fatto sentire un po 'meglio.

"La signora Buttingson è tornata, signor Carrington," sussurrò Janeth e indicò la sala riunioni.

Alzai lo sguardo per vedere Virginia con i suoi rigorosi abiti da lavoro, ma senza i suoi lacchè l'altro giorno.

I suoi occhi erano quasi rossi come le sue labbra.

Qualcosa non andava nel modo in cui stava in piedi.

Sembrava quasi scomodo, forse meno potente.

Quando vide che l'aveva vista, entrò nella sala riunioni e chiuse la porta.

Guardai di nuovo i volti raccolti dove regnavano confusione e simpatia.

"Sto tornando ora", dissi e mi diressi verso la sala riunioni.

CAPITOLO 11

Virginia si accasciò su una delle sedie.

Tutto il suo equilibrio commerciale era sparito dalla sua pelle.

Non pensavo che qualcosa potesse influenzare questa donna.

Almeno non in pubblico.

"Voglio riprovare," balbettò Virginia, quasi piangendo.

I suoi occhi erano rossi per il pianto.

Soffriva.

Come diavolo è crollato così in fretta?

"Virginia, la mia compagnia non può essere il tuo giocattolo", dissi compassionevolmente, "ci sono troppe vite in gioco. Sono molto grato per gli altri trenta giorni, ma non posso riporre tutte le mie speranze in un qualche tipo di prestazione sessuale."

Raggiunse il telefono per le conferenze e compose un numero.

"Cottingcom National, come posso aiutarti?" Ha salutato l'operatore.

"Virginia Buttingson per Mr. Smith, per favore", chiese Virginia.

Ci fu una pausa, quindi mi sedetti.

Quella era la banca della mia compagnia, con la quale avevo il prestito.

Stavo iniziando a pensare che i miei trenta giorni stavano per terminare.

"Buongiorno, signora Buttingson, cosa posso fare per lei?" Chiese il signor Smith.

"Qual è lo stato del trasferimento di fondi?" chiese lei senza mezzi termini.

"È stato completato. Un milione come richiesto, sul conto Carrington, è ora disponibile", ha risposto Smith.

Ero sbalordito.

Quello era cinquecentomila in più di quanto concordato.

"Grazie Brian." Virginia riattaccò e continuò, "L'accordo è chiuso, senza vincoli."

"Cosa ... no ... Non sono sicuro di capire" balbettai come un idiota.

"Ho rovinato tutto. Voglio un'altra possibilità." Era vicina alle lacrime. "Per favore, Richy. Non sapevo che ti avesse colpito in quel modo. Era solo un gioco." Voleva dirmi di più. L'ho sentito e l'ho visto nei suoi occhi. Lei era spaventata. "No ... non dormo da quando mi hai lasciato. Ero così stupido e ho continuato ad andare quando mi hai chiesto di non farlo." Era incredibilmente vulnerabile.

"Non credo di poterlo fare di nuovo", dissi onestamente, "lo odierò, lo amerò e lo odierò di nuovo ..."

Mi ha interrotto.

"Guarda, ci sono parti che amavi. Possiamo farlo di nuovo." Non sembrava la donna che mi aveva inginocchiato a chiedere sollievo.

"Sono confuso, Virginia." Le stava sussurrando di abbassare la voce. Non era sicuro di quanto si potesse sentire fuori dalla stanza. "Sembrava che ti piacesse quando soffrivo."

La testa le cadde tra le mani e poi cadde sul tavolo.

Iniziò a singhiozzare.

Ho camminato intorno al tavolo e mi sono seduto accanto a lui.

Non ero sicuro che le mie braccia mi avrebbero aiutato, ma non potevo lasciarla piangere al tavolo.

La presi tra le braccia e posai la testa sulla mia spalla.

"Mi dispiace, non sono fatto per quello che vuoi."

"Ma tu mi amavi," singhiozzò nel mio orecchio.

Ero preoccupato per il suo stato mentale.

Non era sicuro di come deducesse l'amore dalle poche ore trascorse insieme.

È stata quasi tutta una carriera frenetica e straziante da parte mia.

Ci sono stati un paio di bei pit stop, ma sono stati di breve durata.

"Virginia". Le allontanai la testa dalla spalla e la guardai negli occhi iniettati di sangue. "Non ti ho mai detto di amarti."

"Non a parole. Con le tue mani. Nessuno mi ha mai toccato così." Aveva un'espressione da sogno sul viso. "Quel massaggio ... e quando mi hai lavato i capelli, ho pensato che mi avrebbe sciolto. Perché dovresti farlo se non mi volessi?" Adesso era seria.

"Mi hai ordinato di farlo", ho risposto.

Sembrava confusa, come se stesse cercando di vedere il significato delle mie parole e non poteva aggiungere due e due.

"Ma ... ma non dovevi farlo in quel modo," disse lentamente. Poteva quasi vedere le ruote nella sua mente girare. "Ho visto come ti sei acceso. Non mi hai nemmeno colpito ed eri così ... pronto."

Picchiarla? Perché l'avrebbe picchiata?

Era lei a colpirmi.

Mi allontanai un po 'da lei, facendole prendere dal panico.

"Virginia, non mi piace chi colpisce o violenza. Ero disposto a resistere un po 'a causa di quelle persone che hai visto là fuori." Ho indicato la porta. "Non sono sicuro del tipo di relazione che stai cercando, ma non credo che si adatti allo stampo."

Stavo cercando di essere chiaro.

L'intera situazione era troppo surreale.

La sua testa cadde in avanti.

"Non volevo che tu andassi", disse piano.

"Sto avendo problemi con questo, Virginia. Perché dovrei restare se mi negassi che il mio dolore finirà?"

Mi mancavano intere sezioni della sua logica.

"I ragazzi vanno sempre via quando hanno finito." Le sue lacrime iniziarono a scorrere. "Anche te ne sei andato subito dopo. Non volevo che te ne andassi."

Adesso piangeva forte.

Ero scioccata.

L'ho tirata per la spalla e l'ho stretta.

Gli ci vollero alcuni minuti per riprendere il controllo dei suoi singhiozzi.

Ma poi ho capito che ero in un dilemma con lei.

Mi ci vollero alcuni altri momenti per separarla delicatamente da me.

La donna aveva appena salvato i miei affari e probabilmente alcune delle vite che mi stavano aspettando fuori dalla stanza.

Non aveva idea di che tipo di uomini fosse stata prima.

Non avrebbero potuto essere troppo vigili se io fossi la misura migliore.

Beh, mi doveva la tortura e io la dovevo averci salvato tutti.

"Virginia, vorrei portarti a pranzo," gli ho offerto mentre gli sorridevo, "e poi la cena e forse la colazione."

La sua faccia si illuminò.

Si trascinò il dorso della mano sugli occhi per asciugare le lacrime.

Questo ha solo contribuito a spalmare di più il mascara.

Cercai di non ridere mentre afferravo la scatola di fazzoletti dal tavolo.

"Sei sicuro?" chiese, e poi aggiunse rapidamente: "Voglio dire, mi piacerebbe molto".

Immagino che abbia deciso di non darmi nemmeno una via d'uscita.

E non l'avrei preso.

"Bene. Adesso resta fermo per un momento."

Afferrai una sciarpa e le tenni teneramente il mento.

L'ho pulito sotto i suoi occhi, sollevandomi il più possibile.

Indossava un paio di sciarpe finché non ero contento del mio lavoro.

Quelle belle labbra rosse stavano sorridendo di nuovo quando ho finito.

Mi sono punito per aver ignorato il suo stato emotivo, ma a mia difesa quelle labbra erano qualcosa di speciale.

"Posso baciarti?" Ho chiesto gentilmente.

"Oh sì," sussurrò.

Inclinai la testa e avvicinai le labbra alle sue.

Il ricordo del bacio della doccia si fonde con esso nella mia mente.

In quel momento, tutto ciò che ci teneva insieme svanì.

Non c'erano società, prestiti, soldi.

Le mie labbra rimasero perché potevano sentire la sua apprensione e la sua gioia.

Sono rimasto così perché mi è piaciuto.

La mia mano le accarezzò il viso e si mosse dietro l'orecchio per spingerla più in profondità.

Lei obbedì con le labbra aperte e una lingua titubante.

Ho trovato la sua con la mia e quando le nostre lingue si sono toccate, un brivido silenzioso ha risuonato nel mio corpo.

Sono rimasto così con lei perché mi è davvero piaciuto.

CAPITOLO 12

Quando finalmente abbiamo rotto il bacio, ho sentito una perdita.

Ma ora aveva il desiderio di scoparla proprio lì.

Come diavolo ha fatto questa donna a farmi andare così in fretta?

"È stato molto bello", ha detto Virginia e ha iniziato ad andare avanti.

Lei voleva più di me.

Lo trattenni e sorrisi per farle sapere che non era un rifiuto.

"Ci sono persone fuori", dissi e gli accarezzai la nuca. Si appoggiò alla mia mano e sospirò. "Diremo a questi ragazzi la buona notizia e ti porterò a pranzo", ho suggerito.

"E perché devono saperlo?" Chiese con un'espressione scioccata sul viso.

Mi ci è voluto un secondo per capire dove fosse diretto il suo ragionamento.

Ho fatto una piccola risata.

"Riguarda il loro lavoro. Hai appena garantito loro i loro stipendi."

Era la prima volta che la vedeva arrossire.

Le sue guance quasi corrispondevano al colore delle sue labbra.

È stato adorabile

Si alzò, imbarazzata e aggiustò il vestito.

"Sì. Certo," disse lei riprendendo il controllo.

Poi mi guardò con occhi morbidi.

"Tutti i baci che dai ... sono così distraenti?"

"Solo i bravi ragazzi", ho risposto.

Arrossì ancora più chiaramente.

Ora avevo il controllo e non avevo intenzione di negare nulla a nessuno.

Dio, quelle labbra sembravano così belle.

Mi alzai e mi lisciai un po 'i vestiti.

"Siete pronti?" Chiesto.

"Sì", rispose lei.

Il cambiamento sul suo viso era terrificante.

Virginia se n'era andata e la signora Buttingson era tornata.

Ora era in modalità sala riunioni.

Tenevo la porta mentre usciva, la testa perfettamente in piano mentre ci dirigevamo verso gli impiegati ancora riuniti.

Vidi Janeth che si asciugava il lato del viso.

Speravo davvero che non avesse pianto.

"Sembra che io sia stato molto prematuro con le mie precedenti dichiarazioni", dissi mentre accompagnavo le mie parole con un sorriso ", la signora Buttingson e io concordammo un'associazione che ha garantito all'azienda fondi sufficienti per poter sopportare e portarci oltre la data lancio iniziale pianificato "

Ci sono stati molti applausi e sorrisi.

Adesso i sorrisi sembravano un po 'dispettosi e mi hanno fatto l'occhiolino.

Il sorriso di Janeth era ancora più misterioso mentre continuava a pulirsi il lato del viso.

"Abbiamo un accordo da completare e milioni da stipulare", ho felicemente annunciato.

La mano di Janeth era più frenetica anche toccandole il viso.

Virginia alzò gli occhi quando si rese conto di ciò che Janeth stava cercando di dire.

Ho guardato con il mio

'Di?' Ho detto scrollando le spalle.

Virginia prese una scatola di fazzoletti sulla scrivania di Paul.

Mi afferrò il mento, senza mai perdere la sua espressione commerciale controllata.

La sciarpa è diventata rossa dopo che mi ha pulito le labbra.

Sono arrossito.

"E Richy mi sta portando a pranzo" annunciò Virginia.

Non penso che mi sarei sentito più a disagio nella mia vita.

Ci furono un po 'di risate tra quelle raccolte fino a quando Virginia si voltò con il suo bagliore brevettato.

"Cresci, gente", la derise.

Le risate si trasformarono in risate.

Il viso di Virginia era rosso come il mio.

Mi prese per mano, poiché non c'era motivo per la facciata e mi condusse alla porta.

"È stato imbarazzante," sussurrò Virginia mentre ci mettevamo dietro una scrivania.

"Era il tuo rossetto" lo biasimai con un sorriso sciocco.

"Ora lo sanno tutti", ha aggiunto.

Ha cercato di mantenere il suo atteggiamento commerciale nei confronti degli occhi che ci seguivano.

"Sono solo gelosi perché ho un appuntamento sexy per pranzo", ho scherzato.

"Una data. È una data?" chiese sorpresa.

Mi chiedevo cosa pensasse fosse.

"Baci, donna sexy, pranzo. Sì, sembrerebbe che sia più di quello che si qualifica per un appuntamento", risposi il più delicatamente possibile.

Il suo sorriso crebbe, avvolse il braccio attorno al mio e mi avvicinò quando finimmo di uscire.

Si sentiva bene al mio fianco.

Mi piaceva che non le importasse che tutti stessero guardando.

La donna d'affari aveva lasciato l'edificio.

CAPITOLO 13

Ho scelto Fugui's, una piccola pasta italiana nelle vicinanze.

Non era il miglior cibo in città, ma a volte l'atmosfera intima era il problema in quei luoghi.

C'era un tavolino in cui un grande supporto con colonne bloccava il resto della stanza.

Il soffitto era basso, il che riduceva il riverbero e ci permetteva di parlare senza dover ripetere ciò che veniva detto.

Ed era opportunamente privato.

"Mi dispiace per stamattina, Richy," disse Virginia dopo l'arrivo del vino, "Non sono abituato a ... penso di non essere abituato a piacere alle persone."

"Dai, devi avere degli amici" dissi allegramente.

L'espressione sul suo viso mi disse che era la cosa sbagliata da dire.

Ho perso il sorriso e ho messo la mano sulla sua.

"Ne hai uno adesso."

Mi ha fatto sorridere.

Mi alzai e cambiai posto, spostandomi al suo fianco invece di sedermi di fronte a lei.

"L'unica cosa che ricordo davvero questa mattina è il bacio. Tutto il resto è un po 'confuso."

Questa piccola bugia mi ha fatto guadagnare un vero sorriso.

"E 'stato davvero bello", disse gentilmente, "Ho deciso che non mi bacio abbastanza".

Increspai le labbra in modo osceno e mi sporsi in avanti.

Lei rise e mi batté leggermente sul braccio.

"Con gli uomini, non con i pesci."

"Anche i pesci devono essere amati", ho scherzato.

Il cameriere è apparso con le nostre insalate, quindi abbiamo dovuto fare una pausa dalla nostra conversazione.

Abbiamo parlato della nostra compagnia mentre mangiavamo insalate.

Mi meravigliai di quanto sorprendentemente veloce fosse la sua mente imprenditoriale.

Potrebbe sembrare che abbia semplicemente buttato via i soldi salvando un'azienda senza futuro.

Ma in realtà, aveva fatto i compiti.

Conosceva il potenziale e le insidie dell'intero processo.

Aveva connessioni incredibili che potevano davvero aiutare il lancio iniziale.

Quando ho messo da parte l'insalatiera vuota, ho capito qualcosa.

"Se non avessi accettato la tua prima offerta, non avresti più acquistato?" Chiesto.

"Sì, ma volevo davvero vederti nuda", disse con il suo sorriso malvagio.

"E il milione invece della metà?" ho chiesto

"Hai davvero bisogno di lavorare sulle tue capacità di negoziazione. Pensavo che avresti richiesto di più, quindi ho anticipato il milione", ha scrollato le spalle e ha continuato, "e per avere successo, hai davvero bisogno di un considerevole aumento del capitale circolante per il lancio. Senza questo, le loro vendite non sarebbero durate per un altro anno, mentre i concorrenti avrebbero cercato di copiare il tuo prodotto ".

"Mi hai giocato su", ho proclamato.

"È cosa fare", confessò mentre allungava la mano e mi accarezzava dietro l'orecchio, "sei arrabbiato con me?"

Era la prima volta che aveva iniziato un tocco morbido.

Ho potuto vedere la preoccupazione nei suoi occhi.

"No, sono arrabbiato con me stesso per non averlo visto," ridacchiai, "In realtà ero abbastanza vanitoso da pensare che riguardasse me."

"Quello adesso, ma non è stato allora", disse Virginia casualmente.

Il suo candore mi ha sorpreso.

Penso che abbia davvero provato dei sentimenti per me.

Proprio quando pensavo di aver scoperto la sua mossa, mi ha fatto vedere la realtà.

"Ecco perché ho trasferito il denaro questa mattina presto. Non volevo che pensassi che lo stavo già risparmiando per te."

Vuoi sapere come soddisfare un uomo?

Dà valore solo alla sua esistenza.

Qui era l'uomo d'affari più intelligente che conoscevo, che mi diceva che ne valeva la pena per i miei anni sudati.

La sua valutazione del potenziale della mia, no, della nostra azienda era persino superiore a quanto immaginassi.

Esigere solo il quarantanove per cento significava che sapevo che la mia visione era necessaria per quella valutazione.

Tutto questo e sapevo anche come appariva nuda.

L'ho sorpresa con un bacio appassionato.

La sentii nervosamente guardarsi intorno prima di arrendersi e lasciarmi trasportare dal mio affetto pubblico.

Siamo stati costretti a separarci quando il cameriere ha portato la portata principale.

Il cibo ha un sapore migliore quando tutto va per il verso giusto.

Virginia mi sorrideva mentre mangiavamo.

Non credo che sapesse pienamente come aveva accarezzato il mio ego.

E questo ha reso tutto ancora più sincero.

"Dovrò prendere un rossetto diverso se continui a baciarmi in pubblico in quel modo" sorrise.

"Non osare", dissi mentre lasciavo segni rossi sul mio tovagliolo, "Devo solo comprare altre sciarpe."

Non poteva immaginarla con nient'altro che quelle desiderabili labbra rosse.

Ho visto qualcosa scintillare nei suoi occhi quando ho difeso il rossetto.

Un pensiero gli balenò nella mente, qualcosa che non era destinato alla discussione pubblica.

Si sporse nel mio orecchio.

"Vorrei davvero portarti a casa e non ti rifiuteresti", sussurrò con un sorriso malizioso.

Il sangue scorreva rapidamente nel mio corpo alle sue parole.

Ho sentito la sua mano sul mio cavallo.

"Mi piacerebbe vedere cosa posso fare con te."

"Dai un'occhiata, per favore!" Ho detto forse un po 'troppo forte.

Ma come ho detto, non era il miglior posto per mangiare in città.

CAPITOLO 14

Ho guidato Virginia a casa sua in macchina.

Aveva detto che avrebbe potuto organizzare il ritiro del suo domani.

Penso che fosse più interessata a assicurarsi che il mio interesse non svanisse.

Non era troppo aggressiva, solo alcuni semplici colpi e un po 'coccole per assicurarsi che sapesse che era al mio fianco.

Ho trovato molto attraente l'attenzione che mi stava dando.

Il mio interesse non è svanito.

Quando entrammo in casa sua, Virginia mi trascinò direttamente nella sua stanza.

"Siediti," ordinò, indicando il letto.

Ha usato la sua voce maliziosa che mi ha irritato un po '.

Ho scelto invece di stare con una faccia scontrosa.

Lei sorrise.

"Per favore siediti."

Questa era di nuovo la sua voce gentile e amorevole.

Mi sono seduto rapidamente.

Mi afferrò il piede e mi tolse la scarpa e la calza.

Ripeté con l'altro piede.

Usando la sua voce maliziosa, ordinò "La cintura".

Tese la mano in attesa che io mi conformassi.

Avrei potuto resistere alla sua voce maliziosa, ma mi piaceva dove stavano andando le cose.

L'ho decompresso e l'ho tirato fuori attraverso gli occhielli.

Prese la cintura e la aggiunse alla pila delle mie scarpe e calze.

Virginia mi spinse sul letto in modo che cadesse sulla mia schiena, mi sbottonò il bottone e aprì la cerniera dei pantaloni.

"Non dire niente", ordinò e io ubbidissi.

Mi ha tolto i pantaloni insieme ai miei pugili e li ha aggiunti alla pila in crescita.

Ero mezzo eccitato a questo punto.

Non era sicuro di ciò che aveva in mente e aveva un po 'paura che avrebbe cercato di tornare ai suoi modi subdoli.

Andò dal suo cassettone e afferrò un tubicino d'oro.

Lo mise tra le mie gambe, si tolse la giacca e la lasciò cadere a terra.

Sorridendo, si sbottonò la camicetta e la lasciò cadere anche sul pavimento.

Il suo reggiseno di pizzo lo seguì rapidamente.

Il mio cazzo stava mostrando un po 'più di vita in questo momento.

"Ho intenzione di scusarmi fisicamente per le mie azioni questo fine settimana". La faccia di Virginia era di rimpianto. "Spero che tu possa perdonarmi."

Stava per dire qualcosa che non era necessario quando lei tolse il tappo dal tubo d'oro e apparve il suo rossetto rosso rubino.

Mentre la guardavo ricoprire abilmente le labbra, la mia eccitazione era più evidente.

Si strofinò le labbra e mi guardò.

Le sue labbra erano rosse, più luminose che mai.

"Ho intenzione di usare la mia bocca" sospirò.

"Oh merda", fu tutto ciò che potevo dire.

La mia erezione pulsava e ora ero teso mentre pregavo in silenzio che questo non fosse uno dei suoi trucchi.

Lei sorrise alla mia erezione.

"Mi piacerebbe farti questo," disse lei cadendo in ginocchio.

Con le labbra a pochi centimetri dalla mia virilità, avvolse la mano attorno al membro.

Sentii il battito del mio cazzo mentre passava la lingua sul fondo e la girava attorno alla corona, la sua mano semplicemente usandola come guida.

Quando quelle labbra circondarono la mia erezione, tutti i pensieri che avevo di sfiducia svanirono.

Quelle labbra color rubino creavano un'euforia visiva.

L'avevo visto nella mia mente e la realtà era infinitamente più piacevole.

Le labbra di Virginia si separarono dal mio cazzo.

Increspò le labbra e baciò amorevolmente la punta.

Le mie cosce si tendevano a non muoversi, a lasciarla continuare, a durare.

Ma le mie cosce stavano fallendo.

Quelle labbra mi avvolse di nuovo, portandomi più a fondo.

Potevo sentire la sua lingua spingere e leccare.

Volevo avvertirlo, dargli la possibilità di rallentare, ma sono diventato troppo forte e troppo veloce.

I miei fianchi si sono alzati quando ho urlato il suo nome.

Abbassò le labbra e succhiò mentre lui eiaculava dentro di lei.

I pensieri cessarono quando il piacere attraversò il mio corpo.

Le guance di Virginia affondarono mentre spingeva il mio cazzo più in profondità nella mia bocca, permettendomi di gestire il mio piacere senza sentirmi in colpa.

Lei voleva questo per me.

Virginia baciò il mio fallo saziato.

Il suo bacio mi ha dato direttamente sulla punta del mio membro

Sapeva quello che aveva fatto e sorrise quel sorriso malvagio e subdolo.

Ho potuto vedere quei problemi di controllo nuotare nei suoi occhi.

Lo ha fatto senza la frusta, ma mi ha portato proprio dove voleva.

Questa volta, non avrebbe ricevuto nessuna lamentela da parte mia.

"È stato più di tuo gradimento?" Chiese, già conoscendo la risposta.

"Sì, padrona", risposi scherzosamente.

Ho adorato la risata che ha generato in lei.

Mi ha colpito la coscia, mi ha tirato su la gonna e mi è salito sopra.

"Resterai?" Chiese Virginia con un sorriso forzato.

I tuoi precedenti commenti mi sono tornati.

Non riusciva a credere a quanto emotivamente debole potesse essere una donna così forte.

Poi ho capito quanti rischi credeva di aver preso.

C'era paura nei suoi occhi che circondava la paura.

Ho trattenuto una risposta sarcastica carina e mi sono attaccato alla verità che provavo per lei.

"Sì," ho risposto seriamente, "Speravo che mi avresti lasciato passare la notte qui."

Vidi i suoi occhi acquosi prima che le sue labbra soffocassero le mie.

Potevo sentire il suo corpo tremare mentre ci baciavamo.

L'ho abbracciata forte, volendo reprimere le sue paure infondate.

Pensavo davvero che fosse una specie di terapia piacevole per lei.

Non piu.

Mi piaceva tra le mie braccia.

Mi piaceva che avesse bisogno di me.

Era più intelligente dell'Inferno, ma fragile come la porcellana fine dentro.

Mi piaceva persino il fuoco di controllo che bruciava dentro di lei.

Era un puzzle molto sexy.

Il mio indovinello.

L'ho arrotolata su un fianco, i suoi seni contro il mio petto.

Gli spinsi alcuni capelli ribelli dagli occhi e dietro l'orecchio.

Rabbrividì al mio tocco, che trovai egoisticamente piacevole.

"Vorrei finire di lavarti i capelli," dissi casualmente mentre gli passavo una mano tra i capelli castani.

Il suo sorriso era onesto.

"Anche a me piacerebbe molto," sussurrò.

Ho potuto vedere l'emozione nei suoi occhi.

Stava pensando al sesso bagnato dal flusso della doccia.

Ma in questo momento il bagno di shampoo era solo una scusa per darmi il tempo di riprendermi.

È stata una fortuna che anche lei abbia trovato piacevole la proposta.

CAPITOLO 15

Virginia ha cercato di insegnarmi come funzionano i controlli della doccia.

Ho trovato divertente toccarla teneramente mentre cercavo di spiegarmelo.

Si rese conto che stavo perdendo la cognizione dei suoi pensieri, ma non mi rimproverò mai né tentò di fermarmi.

Quando lei ha rinunciato allegramente, ero quasi all'oscuro come quando abbiamo iniziato.

Dubitavo che mi avrebbe mai permesso di controllare tutto comunque.

Questa volta ho fatto bene.

Avevo Virginia sdraiata sulla schiena, lungo la panca riscaldata, con la testa appesa alle mie cosce alla fine.

La doccia aveva un meraviglioso soffione staccabile che esplodeva in una specie di nebbia delicata.

Le ho bagnato delicatamente i capelli mentre chiudevo gli occhi.

È stato meraviglioso averla in braccio quando ho applicato lo shampoo.

Emise dei meravigliosi suoni e mezzo gemiti mentre si lavava la sostanza profumata di fiori tra i capelli.

"Quindi l'ultima volta che siamo stati qui, stavi parlando di una ragazza", ha suggerito la storia.

Virginia aprì gli occhi e mi lanciò uno sguardo strano.

"Ti interessa Lydia adesso?" lei chiese.

"Quindi era reale?" Ho chiesto.

Virginia provò a sedersi un po ', così la spinsi delicatamente e andai a lavorare sulla nuca.

Si rilassò di nuovo.

"Sì. Possediamo un ristorante molto popolare insieme", ha continuato, "Verrei di nuovo se glielo chiedessi. È qualcosa che vorresti?"

È stata una sorpresa e mi ha colpito direttamente in testa.

Stavo solo accennando a una storia bollente, ma questa era un'offerta intrigante.

Era una fantasia che non avrei mai immaginato potesse diventare realtà.

Certo, nei miei sogni, c'era sempre di tanto in tanto uno stand di una notte con due donne che pensavo non avrebbe mai più rivisto la realtà.

Non so se mi sentirei molto a mio agio con un'orgia con persone che conosco.

"Non credo di volerti condividere con nessuno", dissi attentamente, "mi considereresti un ipocrita se volessi saperlo?"

Sembrava stupido quando è uscito, ma penso che abbia capito.

"Vuoi sapere di lei o solo le parti sporche?" Stava sorridendo mentre massaggiavo i suoi tesori.

"Solo le parti sporche." Ho restituito il sorriso.

Mi ha fatto ridere, seguita da una storia molto sporca.

Mi sono divertito a leggere erotico.

Ma questo non era niente in confronto a quanto ero eccitato quando ho sentito Virginia, senza riserve, descrivere la sua vacanza in doccia con Lydia.

Non ha lasciato nulla di indescritto e mi sono ritrovato a respirare affannosamente mentre mi lavavo i capelli.

Sono abbastanza sicuro che alcune parti siano state abbellite, ma le ho accettate come un fatto.

Ero, ancora una volta, l'uomo d'acciaio.

"Guarda cosa ti ha fatto la mia storia", si vantava Virginia.

Accarezzava dolcemente la mia erezione.

Si alzò con un'idea negli occhi.

"Resta così", ordinò e inserì una serie di comandi nel pannello di controllo.

Aspettare.

Stava cominciando a godersi il suo essere prepotente, almeno quando alla fine non c'era negazione e dolore.

"Più che una sensazione" echeggiò attraverso gli altoparlanti mentre il grande soffione centrale si muoveva per coprirmi delicatamente con acqua calda.

Tornò di fronte a me, bloccando una buona porzione di rugiada.

"Ma è tempo di una nuova storia."

La sua voce era bassa e seducente.

Quella voce ha promesso tutto.

Virginia, di fronte a me, mise un ginocchio su entrambi i lati e abbassò i fianchi verso i miei.

Ho spostato il sedere sul bordo della panca per renderlo più facile.

Si posizionò tra le mie gambe e guidò il mio cazzo nella sua apertura.

L'acqua scendeva dalle sue spalle e dal mio petto mentre si appoggiava contro di me.

Ha rilasciato il mio cazzo e gemette mentre completava la sua discesa.

Ho fatto eco al suo suono.

Virginia intrecciò le dita dietro il mio collo e mi portò le labbra all'orecchio.

"È da molto tempo che non lascio entrare un uomo in me," sussurrò a gran voce.

Dio mi aiuti, mi è piaciuto molto.

"È paradisiaco", dissi, e poi mi lanciai.

Mi uscì dalla bocca senza pensare "Padrona".

Questa volta non lo aveva detto in tono scherzoso come aveva detto prima.

Questa volta è stato sincero.

Il suo bacino si fermò e mi guardò negli occhi.

Ho visto la paura nella sua.

"Non voglio perderti", si preoccupò.

Non avevo idea di dove stesse andando.

Sapevo solo che mi sentivo bene.

Molto bene.

E voleva anche che si sentisse bene.

Volevo stare bene con lei.

"Allora lasciami venire", dissi con un sorriso diabolico e aggiunsi "Padrona".

I suoi occhi si illuminarono e il suo sorriso divenne lascivo mentre le conseguenze di quello che dicevo la riscaldavano.

Stava per farmi piacere.

Ci avrebbe fatto piacere.

Sentii le sue mani afferrarmi per i capelli e tirarmi indietro la testa mentre la sua figa si alzava e cadeva attorno al mio cazzo.

Le sue labbra si chiusero forzatamente sulle mie mentre mi prendeva.

Gli occhi di Virginia bruciavano di lussuria.

Ciò ha alimentato il mio, anche se non ero in grado di aiutare molto.

La presa sui miei capelli si stava stringendo e stringendo più forte.

Non avevo idea del perché mi piacesse o perché le piacesse farlo.

Sapevo solo che l'abbiamo fatto.

Ha rotto il suo bacio violento e mi ha avvicinato l'orecchio alle labbra.

"Stiamo andando a stare insieme", ha dichiarato con intensità, "insieme, capisci?"

Ho sentito il mio cazzo venire con la tua domanda.

Non era sicuro di poter aspettare ancora a lungo.

"Ci proverò, Padrona", balbettai mentre l'incredibile canale caldo di Virginia mi soffocava di piacere.

Sapeva che poteva sentire che era pronto ad esplodere.

Forse la storia sporca non era una buona idea.

Faceva un po 'più caldo di lei.

"Non è un'opzione", ha detto.

I suoi fianchi si fermarono nel tratto discendente e cominciò a macinarmi il bacino.

Ho sentito il mio cazzo toccare nuovi posti dentro di lei.

Ero sull'orlo dell'estasi.

Se non fossimo stati bombardati con acqua, il sudore avrebbe coperto tutto il mio corpo.

Il mio respiro era affannoso.

Sentii il suo sussulto del bacino involontariamente e la sua mano si strinse di nuovo sui miei capelli.

Alla seconda scossa ha gridato, "ORA!"

Lasciami andare.

L'intensità, unita al dolore, era incredibile.

Virginia si aggrappò ai miei capelli mentre ondate di piacere si increspavano nel suo corpo.

Ogni scossa dei suoi fianchi ha costretto un'altra ondata di latte a gettarsi in lei.

Eravamo all'unisono perfetto, dolorosi, felici.

Virginia mi lasciò andare i capelli e quasi crollò di nuovo sul pavimento.

L'ho presa in tempo e l'ho tirata tra le mie braccia, il mio cazzo è ancora sepolto in profondità in lei.

Non avevo idea da dove provenisse il suo desiderio di controllarmi.

Sapevo solo di amarlo.

In una strana giustapposizione, la afferrai per i capelli e le baciai le labbra.

"È stato fantastico!" Ho detto fortemente.

I suoi occhi assonnati guardarono i miei.

"Sì, è stato meraviglioso", disse, e poi sorrise, "Maestro."

Crollò tra le mie braccia e la tenni sotto la pioggia calda e fitta.

CAPITOLO 16

La cena fu una piccola faccenda intima.

Solo noi due rannicchiati sul divano con cibo cinese che avevamo ordinato di andare.

Eravamo coperti da una coperta di peluche rosa coordinata.

Virginia si adatta a questo stile molto meglio di me.

Il rosa non è il mio colore preferito.

Stavamo guardando un film di John Wayne, uno dei suoi primi a colori, credo.

Anche se abbiamo mangiato fondamentalmente è stato un rumore di fondo, abbiamo parlato e riso.

Virginia aprì una bottiglia di vino e parlammo ancora un po '.

Non abbiamo detto una parola sulla compagnia o sul sesso.

Si trattava solo di conoscersi.

L'ho adorato e sono rimasto sorpreso dal fatto che potesse averlo solo per me.

Aveva attraversato alcuni strani confini sessuali con lei.

Ora sapeva di più su di me di chiunque altro al mondo.

Penso di essere l'unico a sapere dei suoi interni in porcellana pregiata.

***

L'ora di andare a letto ha portato di più.

Più di noi

La stava aspettando a letto.

Aveva piani, piani teneri.

Volevo andare a dormire con i ricordi della sua dolcezza, della sua resa al mio lento amore.

Lasciò nervosamente il bagno.

Penso che sia quasi tornato dentro, ma poi ha deciso di venire dalla mia parte del letto.

Allungai la mano, chiedendomi da dove venisse la sua paura.

Quando lasciò cadere la vestaglia, vidi la sua paura.

Sopra il suo petto sinistro, sopra il suo cuore, aveva scritto "Richy's" in rossetto rosso rubino.

Ciò che è venuto fuori da me era la verità.

"Ti amo anch'io", ho concordato.

Penso che stesse trattenendo il respiro fino a quel punto.

È caduta tra le mie braccia e l'ho tirata a me.

Ero la colla per la tua bella porcellana.

* * *

Virginia, all'inizio, era molto meglio di qualsiasi sveglia.

Le risatine e il morso nell'orecchio erano un modo meraviglioso di svegliarmi.

Non c'era più un pulsante di ripetizione in cinque minuti.

Era una persona mattiniera.

Sono un tipo di persona che si sveglia lentamente.

Di solito sono necessarie tre o quattro pressioni sul pulsante di ripetizione prima che alla fine mi arrenda e mi alzi.

Virginia era già bagnata e vestita e i primi raggi del sole non erano nemmeno arrivati dalla finestra.

Mi voltai e mi allontanai dal suo bellissimo assalto.

Forse mi avrebbe concesso altri dieci minuti.

Le coperte e le lenzuola scomparvero improvvisamente dal letto.

Il mio calore è scomparso e mi sono raggomitolato.

Ho sentito il ronzio prima che il prurito mi colpisse il sedere.

Mi alzai per proteggermi e la vidi, innocente e sorridente, con le mani dietro la schiena.

"Mi hai colpito", ho accusato.

Fece un passo indietro, le sue bellissime labbra rosse sorridevano.

Mi alzai e feci un minaccioso passo avanti.

Intendevo testare la frusta sul suo sedere per vedere come le piaceva.

"Hai una compagnia da gestire, Amante", disse facendo un altro passo indietro.

Ho guardato l'orologio e mi sono ricordato dove fosse.

Probabilmente sarebbe arrivato in ritardo.

La vendetta dovrebbe aspettare.

"Merda," ammisi e passai rapidamente alla doccia.

Puzzava di Virginia.

Avrei voluto poter andare in giro con lei, ma essere in ritardo e odorare di sesso non mi sembrava una buona idea.

Ora ho capito che non sapevo come funzionasse questa cosa.

Stavo provando alcuni pulsanti, ma non riuscivo a far uscire l'acqua dalla doccia.

Trenta secondi dopo ho dovuto ingoiare il mio orgoglio.

"Come si accende questa dannata cosa?"

Ho urlato.

La sua risata era al contempo fastidiosa e meravigliosa.

CAPITOLO 17

"Voglio invitarti a cena stasera," disse Virginia dal sedile del passeggero.

Aveva deciso di tornare da me per la sua macchina.

"E voglio vedere dove vivi."

La donna d'affari era tornata.

Metti questa ragazza in una gonna e una giacca a matita e all'improvviso pensa di poter governare il mondo.

La conosceva già abbastanza bene da capire che in realtà stava chiedendo, non impegnativo.

"La mia casa è un porcile rispetto alla tua" l'ho avvertito.

Stavo cercando di ricordare quanto fosse sporco.

Non ricordavo l'ultima volta che ho fatto una buona pulizia.

"Okay. Ho intenzione di essere molto sporco lì", disse, poi sorrise.

La mia mente si rianimò e sentii un po 'del calore della notte prima di tornare.

"Signora Buttingson, stai segnando il tuo territorio?" Scherzavo.

Ma lei l'ha davvero presa sul serio.

"Sì, penso di farlo," rispose lei.

Il suo sorriso rosso rubino era delizioso.

"In tal caso, accetto il tuo invito per cena."

Mi è piaciuta l'idea che mi rivendicasse.

Normalmente, mi sentirei sopraffatto.

Ma con Virginia, sapeva che era solo il suo bisogno di controllo, ma capì che era più fragile di quanto dicesse.

O forse voleva solo sculacciarmi in più di un modo.

***

Janeth me deu um sorriso estranho quando passei pela mesa dela.

Ele se levantou, me seguiu até meu cubículo e sorriu quando me virei para ver o que ele queria.

"Você se divertiu ontem à noite, Sr. Carrington?" Ela perguntou com olhos conhecedores.

Fiquei um pouco envergonhado com a pergunta. Eu era tão transparente?

"Não tenho certeza de que sei o que você quer dizer", eu disse inocentemente.

Eu me virei para um pedaço de papel na minha mesa, esperando que isso deixasse a conversa estranha passar.

"Posso?" Ele perguntou, segurando um lenço que ele havia trazido com ele.

Tenho certeza que corei quando assenti.

Ela agarrou meu queixo como uma mãe preocupada e limpou o batom da minha bochecha.

Eu realmente tive que ficar urgentemente com alguns lenços.

"As mesmas roupas e com a barba por fazer", ele sorriu quando soltou meu queixo. "Eu não acho que cheguei em casa ontem à noite."

"Todas as mulheres são tão observadoras?" Eu perguntei no meu ar amigável.

"Somente aqueles que se importam com você, Sr. Carrington", ela respondeu com uma piscadela.

Ele se virou e voltou para sua mesa.

Se havia alguma razão para fazer essa empresa funcionar, estava lá.

Ele precisava vê-la com dinheiro no bolso e nem um pouco preocupado se um de seus filhos fosse aceito em Harvard.

Passei o resto do dia trabalhando duro.

Agora que não precisava me preocupar com capital, na verdade eu era muito produtivo naquele dia.

Comecei a implementar as idéias sobre as quais eu e a Virgínia conversamos.

A maioria parecia evidente agora que eles estavam na minha mente há um dia.

Ela realmente tinha uma cabeça ideal para os negócios.

Andei pelo escritório e conversei com todos, assegurando-lhes nossa estabilidade.

Eu tinha mais do que alguns olhares sorridentes que me deixaram saber que eles confiavam em mim.

Dei a Ralph o sinal verde para contratar um assistente.

Eu pensei que o homem ia me abraçar.

Fiz isso para acelerar as coisas e por segurança, caso algo acontecesse com Ralph.

Ele pensou que estava fazendo isso para reduzir sua enorme carga de trabalho.

Sendo egoísta, deixei-o pensar que sua versão estava correta.

***

Janeth riappese il telefono alla fine del pomeriggio.

Ha portato un biglietto sulla mia scrivania con un altro dei suoi strani sorrisi.

"È un po 'prepotente, ma non penso che ti interessi, vero?" Disse, consegnandomi il messaggio.

La nota conteneva il nome di un ristorante, "The Meet", un indirizzo e le sette.

Come ha fatto Janeth a scoprire la Virginia così in fretta?

"L'hai capito da una prenotazione per la cena?" Chiedi incredulo

"Parliamo da oltre trenta minuti." Janeth represse una risatina. "Non riesco a riattaccare su un partner. Comunque, mi piace." Ho sorriso alla valutazione di Janeth.

"Anche a me piace", concordai, "voi due non condividete storie su di me, vero?"

Ero sicuro che Virginia avrebbe mantenuto i nostri accordi privati.

Avevo paura che i difetti del mio personaggio potessero essere la fonte del divertimento condiviso.

Non volevo andare in giro in ufficio per tutto il giorno.

"Penso che mi abbia chiesto di essere una spia." Janeth sembrava contenta. "Resta sintonizzato per qualsiasi competizione e segnalazione. Le piaci davvero."

Stavo arrossendo

"Tutte le donne sono così intriganti?" Chiesto.

"Solo quelli a cui tieni, signor Carrington", rispose lei facendo l'occhiolino. "Ti suggerisco di andartene presto e di pulirti. La camicia nera che hai indossato una settimana fa sembra molto buona per l'occasione."

Mi chiedevo se fosse Janeth o Virginia a parlare.

"Janeth?" Ho chiesto con un tono falso sinistro.

"Sì, signor Carrington?" Chiese sorridendo.

Non riuscivo a dedurre nulla dal suo sguardo.

"Chiamami Richy," dissi fermamente.

Anche questo potrebbe facilitare le nostre conversazioni.

Anche se pensavo che la camicia nera mi facesse sembrare sciocca.

"Grazie, Richy," sorrise mentre camminava verso la sua scrivania sorridendo.

Segretaria, esperta di spionaggio e moda.

Ero in buone mani.

CAPITOLO 18

Sono arrivato appena in tempo quando ho inserito 'The Meet'.

Non pensavo che ce l'avrei fatta.

Il parcheggio era stato più difficile di quanto avesse immaginato.

Il ristorante era in una vecchia sezione della città che fu costruita prima che l'auto prendesse il controllo della nazione.

Ho finito per aspettare il turno per il servizio di parcheggio.

Come previsto, Virginia stava aspettando al tavolo.

Il suo sorriso era genuino e molto gradito.

Era un luogo pubblico, quindi mi sono deciso a baciargli solo la guancia.

"Stai bene," disse Virginia.

Mi sono punito per non aver detto prima qualcosa.

"Grazie. Mi sembra di avere un nuovo consulente di moda al lavoro", dissi in modo cospiratorio.

"Mi piace molto Janeth," sorrise Virginia, "molto organizzata e sembra conoscerti bene."

"Beh, puoi essere felice di sapere che anche lei approva te." Ho sorriso "Sto iniziando a pensare di essere gestita".

"Tutti gli uomini sono gestiti, tesoro." Gli occhi di Virginia scintillarono. "Alcuni più di altri."

La sua mano trovò la mia coscia sotto il tavolo, un po 'più alta di quanto politicamente corretto.

Ritirò la mano dopo una tenera stretta che prometteva cose interessanti in seguito.

"Ho già detto quanto sei bella?" L'ho trovata un po 'più eccitante di quanto avessi calcolato, "Mi piacerebbe portarti a casa in questo momento e divorare quelle labbra rosse".

L'ho fatta arrossire, in pubblico.

La sua mano tornò e più in alto fino al mio cavallo.

Lo ha rimosso quando ha sentito la mia eccitazione.

"Oh, adoro che ti possa fare questo" E poi è apparsa la donna d'affari. "Prima cena, poi dessert" ordinò fermamente.

Potrei aspettare se dovessi.

Improvvisamente, la sua espressione è cambiata e ha rapidamente messo il palmo della sua mano contro la mia guancia, "A meno che non sia urgente, voglio dire ... Non voglio ... sai, falla male."

La sua preoccupazione era evidente.

Ho visto la loro apprensione, la loro paura confermata dal nostro primo giorno insieme.

Mi sono dimenticato del pubblico.

Ho avvicinato quelle labbra color rubino alle mie e mi sono assicurato che sapesse che qui non c'erano rischi.

Si è sciolta in me.

Poteva sentire il suo sollievo e il controllo tornare.

"Prima cena, poi dessert", sussurrai quando spezzai il bacio.

Ho adorato lo sguardo nei suoi occhi.

Quell'aspetto da "io ti ho".

Sapevo che sarebbe stata una notte indimenticabile.

* * *

Sono stato improvvisamente sorpreso dal fatto che una donna stesse guardando la nostra manifestazione di affetto.

Una bionda matura abbastanza ben vestita in piedi sul bordo del tavolo con la bocca aperta e la confusione negli occhi.

Non era vestita da cameriera.

Virginia rise e rapidamente afferrò un tovagliolo per asciugarmi il rossetto dalle labbra.

Questo sembrò sorprendere ancora di più la donna.

"Richy, questa è Lydia. La mia compagna in questo meraviglioso bis-bis di cui ti ho parlato," disse Virginia con un sorriso contorto di "Regola il mondo". "Lydia, questa è Richy."

Penso che volesse aggiungere qualcos'altro alla fine della sua presentazione.

Ma ci pensò meglio e concluse la frase in questo modo.

La mia mente continuava a sbattere le palpebre alle visioni di Lydia tra le gambe di Virginia.

Un rivale mi dava fastidio.

"Ciao Lydia," dissi, senza alzarmi dal mio posto.

Era abbastanza scioccata da non vedere la lotta furiosa che stava avendo.

"Piacere di conoscerti, Richy." Lydia fece quasi sembrare una domanda. "Virginia, non mi hai detto che avevi un ospite."

La sorpresa di Lydia cominciò ad evaporare e fu sostituita da un sorriso sincero.

Continuava a guardare tra Virginia e me, ovviamente cercando di capirlo.

Virginia ignorò il suo commento.

"Richy, aspetta di provare il cibo di questa donna," insistette Virginia, con orgoglio nella sua voce, "ti farà venire l'acquolina in bocca. Il miglior investimento che io abbia mai fatto."

L'affermazione sembrava riportare Lydia in modalità shock.

Non sembrava abituata a vedere la Virginia lodata.

Quindi questo era il business dei ristoranti.

"Non vedo l'ora."

Ho cercato di non muovermi in modo evidente al mio posto.

I miei pantaloni furono improvvisamente a disagio.

Virginia avrebbe pagato caro per questo.

Ho promesso di godermi ogni momento della mia vendetta.

Mi chiesi se Virginia avesse esagerato la lunghezza della lingua di Lydia.

"Troverò il cameriere a questo tavolo." La compostezza di Lydia tornò, insieme al suo sorriso accogliente. "E per vedere se riesco ad accelerare un po 'la cucina."

"Grazie, Lydia," disse Virginia, quasi sembrando che la stesse licenziando.

Lydia andò alla ricerca del cameriere.

"È stato particolarmente negativo", ho affermato.

"Ho pensato che potresti aver bisogno di un contesto. Una storia senza contesto è, beh, solo una storia", ha spiegato Virginia.

"Ti rendi conto di cosa ti farò quando saremo soli ..." L'ho minacciato.

"Sto contando su quello," rifletté Virginia, "ho deciso che volevo essere violentata stasera. Naturalmente, se è troppo per te da sopportare, posso portarti nella stanza sul retro in questo momento."

Lei era assolutamente seria.

Immagino che quella cosa di negazione e dolore ci avrebbe pesato per un po '.

Finché sapevo che la fine era in vista, i miei impulsi potevano essere soffocati.

"Oh no. Ci vorrà del tempo per pianificare", ho scherzato, "strappare è un'arte, non una scienza."

Penso di averla vista contorcersi un po '.

Forse non ero l'unico con un pensiero vergognoso.

***

La cena fu buona come aveva descritto Virginia.

Ho avuto la cernia fresca arrostita più gustosa che abbia mai assaggiato su un letto di cavolo.

Si è praticamente sciolto nella mia bocca.

Lydia ha inviato il vino perfetto al tavolo per accompagnare il nostro pasto e completare l'occasione.

Virginia e io parliamo, ridiamo e ci divertiamo l'un l'altro.

Mi piaceva uscire con questa donna.

Poco prima della fine del pasto, Virginia si scusò per usare il bagno.

Se ne andò solo per pochi secondi quando Lydia scivolò rapidamente sul sedile di Virginia.

"Che cosa le hai fatto?" chiese con un sorriso raggiante.

"Scusate?" Sapeva cosa intendeva dire, ma non era sicuro di come rispondere.

Ho bloccato

"Non l'ho mai vista così felice," ammise Lydia, "ora che ci penso, non l'ho vista mostrare altro che" essere una cagna "in pubblico."

Immagino che pensasse che avrei capito il suo commento.

Che non l'avrebbe preso come un insulto alla Virginia.

Ho capito.

Ho deciso di dire la verità.

"Immagino sia perché la amo" dissi con una faccia seria.

La faccia di Lydia si illuminò.

"Mio Dio, penso che anche lei ti ami", disse. "Non pensavo che qualcuno si sarebbe nascosto sotto quella conchiglia. Per favore, non spezzargli il cuore. Ad esempio, non vorrei essere in giro se fosse successo."

Non riuscivo a contenere la mia risata.

Mi è venuta in mente l'immagine di una Virginia arrabbiata che vaga per il mondo e ondate di persone hanno sentito la sua rabbia mentre passava.

"Cosa è così divertente?" Virginia era in piedi dietro di noi con le mani sui fianchi.

Lydia si fece piccola.

Ho sorriso e ho gettato la testa indietro.

"Sto solo parlando di te, amore mio" dissi con affetto.

Ho visto la smorfia di Virginia svanire.

Mi baciò all'indietro e si sedette su una sedia vuota.

Lydia sembrava non voler più essere lì.

"Posso sapere cosa è stato detto?" Virginia si consultò con la sua espressione "Io sono il migliore per ottenere una risposta".

Lydia non sapeva cosa dire.

Ma dire la verità un po 'cambiato è stata la chiave, con tutte le parti buone ma alcune lievi omissioni.

"Ho detto a Lydia che ti amo. Mi ha detto che è meglio non spezzarti il cuore." Mi piace molto quando ho ragione.

Una Virginia dagli occhi bagnati abbracciò Lydia come se fossero amici perduti.

La confusione di Lydia è stata molto divertente per non dire altro.

La loro relazione non era mai andata oltre il sesso.

Da quello che ho potuto vedere, nessuna delle relazioni passate di Virginia significava nulla per lei.

Fino a me, erano tutti un mezzo per un fine e niente di più.

"Questo non significa che puoi perdere le vendite in questo trimestre", ha detto Virginia in lacrime mentre si asciugava gli occhi.

Lydia sorrise quando apparve la Business Lady più familiare.

"Non mi sognerei di deluderti, signora ... Buttingson."

Lydia si controllò e perse il sorriso.

I suoi occhi si spostarono su di me e poi si allontanarono colpevolmente.

Per il suo bene, fingevo di non essermene accorto.

Fortunatamente, Virginia fece lo stesso.

"Sono molto felice per entrambi." Lydia si riprese rapidamente e si alzò in piedi. "Devo occuparmi degli altri clienti, quindi goditi il resto della serata."

Ci salutammo con grazia mentre usciva, controllando i tavoli lungo la strada.

Quando fu a corto di orecchie, mi diressi verso Virginia.

"La tua storia mi ha lasciato l'impressione che fosse più una ragazza", dissi con un luccichio negli occhi.

"Pensavo che ti sarebbe piaciuto di più," disse Virginia, di nuovo con il suo sorriso malvagio.

Si sporse nel mio orecchio e mi sussurrò:

"Non pensavo che volessi sapere delle strisce che ho segnato sul suo sedere o di quanto abbia imparato a divertirle."

Ho sentito un brivido attraversarmi.

"Veramente?" Balbettai.

Nuove visioni apparvero dietro i miei occhi.

"La ragazza è deliziosamente disordinata quando cums", sussurrò Virginia, mentre mi solleticava l'orecchio, "la vista del suo appassire e coprire le lenzuola era così bella."

La vita con Virginia non sarebbe mai noiosa.

Il mio cazzo ha adorato la sua voce.

"Ti porterò a casa ora", lo informai.

Potrebbe essere stata una passeggiata imbarazzante verso l'auto, ma l'attesa non era più molto desiderabile.

"Pensavo che non l'avresti mai chiesto," sussurrò.

"Non l'ho fatto", dissi con falso coraggio.

Virginia rise e fammi pensare che ero al comando.

CAPITOLO 19

Quella notte e le notti e i giorni seguenti furono i migliori della mia vita.

Abbiamo imparato i reciproci limiti e poi li abbiamo ampliati.

Per me quello era un mondo completamente nuovo.

Per lei era un universo completamente nuovo.

Ho visto le sue labbra rosse nei miei sogni.

Erano buoni sogni.

Sono sempre stato sorpreso quando quei rubini mi hanno svegliato la mattina.

E la compagnia era sulla stessa strada veloce del mio cuore.

La mia squadra era in crisi.

Tutto ciò che abbiamo fatto è uscito puzzando di rose.

Vedevamo tutti segni di dollaro nei nostri sogni.

***

Venerdì sera è stata la mia prima calma in paradiso.

Virginia aveva un precedente impegno.

In realtà, mi sono sentito bene.

Non ero sicuro che avremmo potuto tenere il passo con il ritmo che stavamo portando a lungo.

Questo, inoltre, diceva che sabato sarebbe stato tutto mio.

Pensavo di poterlo prestare nel resto del mondo per una notte.

Così ho passato venerdì sera a lavare e pulire il mio appartamento.

Ho dovuto ridere dell'ironia.

Qui aveva una relazione impegnata, ma era solo venerdì sera.

Il mio povero pene potrebbe approfittare del resto comunque.

CAPITOLO 20

Mi sono fermato a casa in Virginia sabato mattina.

Inutile dire che era di ottimo umore.

Avevamo intenzione di fare una passeggiata intorno allo zoo ed uscire per pranzo o cena, a seconda di quale evento si verifichi per primo.

E incontri sessuali non pianificati sarebbero un dato di fatto.

Anche se stavo cominciando a pensare che Virginia effettivamente programmasse la maggior parte di loro.

Ho accettato l'illusione perché mi andava bene.

Ma la mia vita è stata frantumata quando ho aperto la porta.

Virginia era nuda e in ginocchio sul freddo marmo al centro dell'atrio.

Le sue mani erano dietro la schiena e il sangue gli colava dalla bocca.

Stava ripetendo "Mi dispiace" come un mantra mentre fissava lo spazio.

Mi bloccai per un secondo, pensando che forse era una specie di trucco.

Sono uscito dalla trance e sono corso da lei, chiamandola per nome.

Aveva lividi dappertutto e i suoi occhi non mi vedevano.

L'ho attirata da me nel tentativo di riconoscermi.

Stava iperventilando il suo mantra e non sapeva nemmeno che fossi lì.

Mi si è spezzato il cuore.

Qualcuno aveva distrutto il mio angelo di porcellana.

L'ho tenuto mentre estraevo il telefono dalla tasca.

Ma due mani forti mi afferrarono per la camicia, mi sollevarono e mi gettarono contro il muro.

La mia schiena ha colpito le piastrelle, momentaneamente paralizzando la mia colonna vertebrale.

Il mio telefono è andato in volo.

Attraverso le stelle che apparvero nella mia testa, vidi una specie di montagna di uomini muoversi verso di me.

Mi sono costretto a rimettermi in piedi, cercando di formare una sorta di difesa.

Più veloce di quanto potessi reagire, una grossa mano mi avvolse il collo e mi bloccò contro il muro e cominciò a sollevarmi.

L'altra mano mi ha colpito lo stomaco.

Stavo soffocando nel mio vomito.

"Quindi sei il figlio di puttana che ha riempito la testa di mia sorella di merda" ringhiò.

I suoi occhi non lasciavano spazio alla misericordia.

Ho lottato per tirargli il braccio, per diminuire la tensione nel mio collo.

"È mia, piccola cimice. Lo è sempre stata."

La sua dichiarazione è stata seguita da un altro pugno.

Non riuscivo a respirare abbastanza per urlare.

La sopravvivenza fa cose strane alla mente.

Riporta ricordi di cose a cui non avevi pensato da anni.

Ho avuto una lezione di autodifesa una volta, quattro ore intere nell'esercito.

Fu poco prima che la nostra unità fosse schierata in Afghanistan per un breve periodo di tempo.

"Gli americani non combattono in modo equo", ha detto il sergente, "usiamo la tecnologia e la logistica per uccidere i nostri avversari prima che sappiano che sono in lotta. Ma come sempre, le cose si complicano e potresti ritrovarti in una lotta leale. I talebani non hanno né il potere della nostra tecnologia né le nostre armi. Sono accatastati con l'allenamento in mischia. Ho solo quattro ore per insegnare loro a sopravvivere a una lotta leale. Sfortunatamente, ci vorrebbero anni, quindi vado a insegnare a imbrogliare ". Potevo ancora sentire la sua voce rauca. "Utilizzeranno tutto ciò che trovano come arma. Il suo elmetto, che pende dal suo sottogola, è una mazza meravigliosa. Abbastanza forte da spezzare le ossa. La sua squadra ha appeso una mensa piena d'acqua. Ma qualunque cosa non tentare di minacciare questi ragazzi con i pugni. Saranno surclassati. Quindi è meglio colpirli a morte con il calcio del tuo fucile. Tutto per tenerli a distanza di un braccio. Se tutto il resto fallisce, voglio che tu ricordi: in occhi e orecchie. Scopali e ti lasceranno andare. E le orecchie escono come bucce di banana; ti lasceranno andare. "

Tutto il resto era fallito.

Stavo lentamente morendo.

Gli lasciai il braccio, affondai più profondamente nello starter e poi gli afferrai le orecchie.

Il suo grido fu più forte di quanto mi aspettassi quando tirai con tutte le mie forze.

Il sergente aveva ragione: mi ha liberato.

Lasciai cadere la sua carne e afferrai la lampada nel soggiorno e la accesi.

Il suono era disgustoso quando la base della lampada affondò nel lato della sua faccia.

Cadde in ginocchio e crollò a terra.

All'improvviso ci fu solo silenzio, tranne per il mantra della Virginia.

Ho lasciato cadere la lampada e poi ho fatto colazione.

Strisciai ansimando al telefono.

Era tutto morto.

Tutti i miei sogni, almeno quelli che contavano, erano spariti.

Componii il 911 e strisciai verso il mio amore infranto.

Non poteva vedermi o sentirmi.

Tutto ciò che le era crollato.

L'ho tenuta così finché non mi hanno portato via da lei, il suo mantra echeggiava ancora.

E poi mi sono rotto.

CAPITOLO 21

I mesi che seguirono furono un'anteprima dell'inferno.

I tabloid hanno scoperto la storia e la stampa mainstream ha seguito l'esempio.

Storie sporche alimentavano i giornali.

Ricchezza, incesto, stupro, percosse e Virginia non persero da nessuna parte.

Era ciò che suo fratello aveva creato.

Solo un guscio amaro forgiato attraverso anni di tormento.

L'ho trovato all'interno del guscio, ma poi, una mattina, l'ho perso.

Il mondo era nero per me; Non c'era colore.

Mi sono dedicato completamente all'azienda.

Sarei diventato un capo dittatoriale nato dall'odio che non aveva nessun posto dove andare.

Volevo e avevo bisogno che gli altri sentissero il mio dolore.

Sono partito presto una mattina, dopo aver pianto Janeth.

Ho camminato per le strade e ho trovato poco sollievo per il mio disagio.

Sia l'impiegato che l'artista hanno cercato di dissuadermi.

Avevano sentito le storie e riconosciuto la mia faccia.

Ma i soldi hanno comprato dolore.

La sua avidità annullò la ragione.

Divertirsi.

È stato il mio "raccolto di equitazione" per scelta.

* * *

Sono tornato quel pomeriggio come me stesso.

Mi sono scusato, tra le lacrime, per Janeth.

E ho dato scuse più imbarazzanti agli altri.

Tutti hanno capito, ma non avrebbero mai capito fino in fondo.

Sono tornato per più dolore il giorno successivo.

Ho amato la sensazione di essere scolpito.

Mi fa ricordare di lei e dimenticare ciò che ho visto quel sabato mattina.

Mi mancava la mia cagna.

* * *

Non hanno permesso a nessuno di vederla durante quel primo mese.

Sono stato schiacciato quando ha rifiutato di vedermi dopo.

Ho aggiunto più dolore alla mia giornata.

Non sarebbe bastato.

Fu Lydia a trovarmi ubriaca e sul tetto del mio palazzo.

Non avrebbe saltato, anche se cadere era una possibilità diversa.

Lei, l'unica persona che conosceva la metà di ciò che mi stava accadendo, mi abbracciò.

"Nessuno lo sapeva, Richy" disse il mio essere ubriaco.

"L'ha rotto perché non ero lì!" Ho urlato.

Ma non mi sono mosso dal suo abbraccio.

Mi ha ricordato Virginia.

"Dagli solo tempo. La nostra Virginia tornerà e ci manderà in breve tempo", ragionò e mi abbracciò più forte.

Non potei fare a meno di ridere.

Quel primo giorno con Virginia era stata una maledizione.

Ma cambierei ogni giorno, da ora in poi, per rivivere quella maledizione.

Almeno Lydia l'ha capito.

* * *

Abbiamo trascorso il pomeriggio a scambiare storie sulla Virginia.

A modo suo, Lydia adorava Virginia.

Virginia ha portato a "The Meet" un grande successo e ha rivelato a Lydia parti di lei che erano rimaste nascoste.

Virginia aveva sempre temuto un contatto incontrollato.

Lydia era stata troppo presto una volta ed era stata colpita dalla rabbia di Virginia.

È stato il mio massaggio, quello che ho copiato dalla nave da crociera, che ha iniziato a rompere il suo guscio.

Insorgenza lenta e scorrevolezza controllata.

Ha alimentato il suo bisogno represso del tocco umano.

La sua confusione, mista a rabbia, quando maneggiavo il suo sedere aveva un senso.

Gran parte di ciò che stava accadendo in Virginia aveva più senso mentre parlavamo.

"Vorrei solo che mi permettesse di visitarla", dissi mentre l'alcool evapora lentamente dal mio sistema.

"Pensi che la fermerebbe?" Chiese fermamente Lydia. "Se le avessi detto che non poteva vederti, pensi che potrebbe farle cambiare idea?"

Ho sorriso al pensiero.

Mi ero crogiolato nell'autocommiserazione, mentre la donna che amavo sguazzava nella sua.

"Cazzo no!" Risposi: "mi avrebbe piegato e mi avrebbe fatto strisciare sulle mani e sulle ginocchia per chiedere perdono".

Lydia annuì con un sorriso consapevole.

Diedi a Lydia un bacio sulla guancia.

"Ho intenzione di riavere la mia cagna."

CAPITOLO 22

Virginia era in una struttura privata fuori dalla portata della stampa.

Era il posto migliore che i suoi soldi potevano comprare.

Sembrava più un country club che un ospedale psichiatrico.

Sono entrato nella sezione dedicata alla visita un lunedì, con un Kindle carico fino all'orlo.

Avevo un piano e mi ci sarebbero voluti alcuni giorni per attuarlo.

Sapeva che era testarda e il suo nome era Virginia.

"Per favore, informa Virginia Buttingson che Richard Carrington è qui per visitarla."

Sapevo già quale sarebbe stata la risposta dell'infermiera, ma in un posto come questo, la richiesta sarebbe arrivata dalla Virginia.

Mi sono seduto e mi sono sistemato nella sala d'aspetto.

E mentre leggo.

* * *

Ho ripetuto la stessa operazione dopo pranzo, mi sono seduto e ho letto un po 'di più.

Per altri due giorni, ho ripetuto il processo.

L'unico vantaggio è che sono stato in grado di spostarmi nella mia lista di cose da fare.

Il quarto giorno ho innescato un po 'di più l'amo.

"Si prega di informare Virginia Buttingson che Richard Carrington non lavora da quattro giorni."

Le sopracciglia dell'infermiera si sollevarono su mia richiesta.

"Parola per parola se tu fossi così gentile."

Mi sono seduto e ho iniziato a leggere.

Non riuscivo nemmeno a finire un CHAPITRE.

"Signor Carrington" disse l'infermiera.

Aveva un sorriso sul suo viso.

Penso che ci fossimo piaciuti negli ultimi giorni.

"Il dottor Hincking vorrebbe che lo vedessi nel suo ufficio."

Mi alzai con un'espressione piuttosto compiaciuta sul mio viso.

La mia bambina era ancora preoccupata per i suoi investimenti.

Non sarebbe potuta andare del tutto.

"Signor Carrington ..."

Ma ho interrotto rapidamente il dottore.

Richard per favore. Era ancora un po 'vivace.

"Va bene Richard," continuò il dottore, "la signora Buttingson ha acconsentito a incontrarti finché sarò presente. Penso che voglia che tu agisca da cuscinetto. Potresti non essere soddisfatto del risultato."

Ho sorriso al dottore.

Non avevo idea di cosa Virginia avesse bisogno.

Aveva bisogno di riavere il proiettile e questo idiota probabilmente stava cercando di distruggerlo per sempre.

"Non ti dispiacerà se rimango un po 'più ottimista, vero?"

Sembrava un grosso stronzo, ma era quello che Virginia avrebbe detto.

Farebbe meglio a farlo.

Il dottore perse la falsa amicizia che stava cercando di proiettare.

"La sua spudoratezza è profonda, Richard. Non voglio che annulli fino a che punto è arrivato."

Il medico era sottoposto a cure regolari.

Non avrebbe mai funzionato con Virginia.

Aveva bisogno del mio rimedio per la colla per rimetterlo insieme.

"Mantieni i tuoi commenti su" oggi "; non fare promesse che non possono essere mantenute. Ha bisogno di stabilità e di verità solide, non di sogni."

"Ha specificato che dovrebbe avere cosa dirmi?"

Stavo diventando arrogante.

Ho visto l'irritazione sul viso del dottore quando si è reso conto che potrebbe non collaborare.

Ecco come si sentivano le persone quando Virginia gettava tutto il suo peso.

È stato un po 'inebriante.

Si è appena concentrato sul suo obiettivo e rovina tutti coloro che cercano di rallentarlo.

"Okay. Ti faccio sapere ora che ti ho consigliato di non farlo." Il dottore era furioso, ma ero euforico. "Ritengo che il tuo tipo di relazione non ti farà bene. Ora hai bisogno di una relazione più tradizionale." Ho sorriso alla sua ignoranza. "Beh, ti ho avvertito il meglio che potevo. Agirò come mediatore e farò sentire la tua opinione. Mantieni la visita cordiale e per favore non essere arrabbiato con lei se non vede le cose a modo suo."

"Questo non è antagonista. Capisco, dottore."

Ho sorriso al suo sospiro.

Mi stavo divertendo più di quanto avrei dovuto.

Il dottore era comunque un culo pomposo.

Prese il telefono e disse al suo segretario di far entrare Virginia.

Virginia entrò e io cercai di non fare una smorfia.

Sembrava essersi ripiegato su se stesso.

Ha detto "ciao" debolmente, con un'ulteriore dose di timidezza.

Annuii e la vidi camminare lentamente, quasi barcollando, dall'altra parte del divano.

Un buon abisso di quattro piedi di pelle ci separava.

Ho lasciato che l'idiota guidasse la conversazione.

Trascorse alcuni minuti a monologizzare sulla guarigione e sui nuovi inizi.

Passò attraverso un orecchio e ne uscì l'altro.

Immagino abbia deciso di partire per alcuni esercizi di costruzione emotiva.

È stato un suo errore, non mio.

"Ora Virginia, quando guardi Richard, cosa vedi?" chiesto clinicamente.

Ho guardato Virginia che stava lottando per guardarmi.

La sua vergogna era evidente; la sua forza era stata tolta da lui.

"Paura", disse piano, "forse vergogna e perdita."

Si coprì gli occhi prima di finire.

Persino le sue labbra avevano perso il loro splendore.

"Questo è più difficile di quanto pensassi", ha detto guardando il divano.

"È così che guariamo, Virginia," la consolò il dottore.

Quindi fece il suo secondo errore.

Il primo è stato quello di farmi entrare nella stanza.

"Cosa vedi quando guardi Virginia, Richard?"

"Qualcuno per tutta la vita", ho risposto in modo rapido e chiaro.

Stavo guardando direttamente Virginia, incrollabile nella mia devozione.

La sua testa scattò alla mia parola.

"Puoi chiarirlo?" Chiese nervosamente il dottore.

"Non importa", era pronto a prendere in giro il dottore.

Questi ragazzi sentimentali sono tutti uguali.

Troppe parole, ma non abbastanza sentimento.

Virginia mi stava guardando.

Ho visto che la sua forza stava tornando.

"Pensavo che avessimo parlato di non fare promesse, signor Carrington."

Il dottore era sempre più irritato.

Penso che si sentisse come se lo stesse ignorando.

E così è stato.

"Non importa?" Chiese Virginia un po 'più chiaramente.

Il suo corpo si sporse verso il mio.

Ero la sua colla.

"No, l'ho già detto."

Non ho mai distolto gli occhi dai suoi.

Ho visto la sua paura svanire, il che mi ha fatto sorridere.

Lei mi ha sorriso.

Era il suo sorriso amichevole e accogliente.

Eravamo quasi arrivati.

"Penso che dovrò finire ..."

Ho interrotto il buon dottore prima che la sua terapia rovinasse la mia ragazza a vita.

"Sta 'zitto!" Ho ordinato con il veleno.

Stava usando la mia faccia "Sto per strapparti le orecchie" quando mi voltai verso di lui.

Sorprendentemente, chiuse la sua fottuta bocca.

Sono tornato con il mio sorriso in Virginia.

Era strisciata completamente sul divano e si stava lentamente muovendo verso di me.

Non mi sono mosso verso di lei.

Aspettare.

"Non importa?" ripeté mentre si avvicinava ancora di più.

Il suo sorriso e gli occhi cambiarono in uno sguardo più forte.

Più di lei era tornata.

C'era solo un'altra cosa da dire.

"Sì, padrona."

Ho messo tutto ciò che avevo in quelle due parole.

Ho sentito il dottore sussultare.

Virginia si lanciò in avanti e tra le mie braccia.

I suoi occhi erano di nuovo vivi.

Mise la guancia vicino alla mia.

"Devo legarti, trattenerti," sussurrò.

Potevo sentire il suo bisogno di controllo.

Aveva perso così tanto negli ultimi due mesi.

"C'è un negozio di ferramenta a un paio di miglia lungo la strada."

Ero fidanzato.

Valeva tutto.

"Potrebbe farti del male."

Stava quasi singhiozzando quando lo disse.

Mi prese la testa tra le mani e mi guardò con gli occhi bagnati.

Ero ossessionato dalla necessità di controllarmi completamente e dalla necessità di amarmi.

Tutto ciò che ho visto è stato amore.

Allungai la mano e mi tirai per il colletto della camicia, quasi strappandolo, per esporre il petto sinistro.

Un elaborato tatuaggio che scriveva "Virginia" era sul mio cuore.

Arte intricata, nata da ore di dolore.

La volevo oltre ogni ragionevole ragione e ho accettato ciò di cui aveva bisogno da parte mia.

Mi ha dato il benvenuto.

Virginia si alzò elegantemente e guardò con disprezzo il dottore:

"Me ne vado, dottore."

La cagna era tornata.

Il dottore saggiamente annuì.

Penso di aver visto un po 'di paura nei suoi occhi.

Ci sono voluti meno di quindici minuti per uscire da lì.

L'imballaggio normale è stato ignorato a favore del metodo rapido di tutto mentre cade nella valigia.

Quando chiuse la valigia, qualcosa gli attraversò la mente e mi guardò con occhi seri.

"Andrebbe bene se non avessimo mai parlato della mia famiglia?" Lei mi ha chiesto.

L'ultima deriva "sensibile al combattimento" per guarire non è neanche lei.

"Preferirei che non ne parlassimo mai", risposi.

Ho maledetto il giorno in cui ho incontrato suo fratello e sospettavo che anche il resto della sua famiglia avrebbe fatto schifo.

Virginia sorrise e afferrò i capelli dalla parte posteriore della mia testa e avvicinò le mie labbra alle sue.

Ho sentito la sua forza nel bacio e questo ha viaggiato direttamente fino all'inguine.

Mi aprì le labbra e indicò la sua valigia.

Ho sorriso e l'ho preso.

"Ti farò del male perché ne ho bisogno. Non ti negherò," disse Virginia con un sorriso malizioso, "e dobbiamo smettere di comprare un rossetto."

Erano passati due mesi da quando avevo avuto un'erezione.

Il mio cazzo stava compensando il tempo perso.

"Adoro che posso farti questo," fece le fusa mentre mi guardava tra le gambe.

La notte è stata squisita.

FINE

DOMINATRIX, CONSULENTE MATRIMONIALE

PRIMEIRA PARTE:
20 anni di matrimonio

CAPITOLO 1

Era un'altra notte di sesso insipido.

Ma nessuno dei due si è lamentato.

Dopo 20 anni di matrimonio, il sesso era diventato una routine più di ogni altra cosa.

Rachel tornò a letto dopo essersi lavata tra le gambe.

Spense la luce, si infilò sotto le coperte e si sdraiò accanto a suo marito.

"È stato adorabile", ha detto.

"Lo è stato", rispose Roger. "Un po 'meglio da quando i ragazzi vanno al college, giusto?"

Lo spinse con un gomito.

"Che cosa orribile dici."

"Ma devi ammettere che è bene che non dobbiamo più tacere. E possiamo lasciare la porta aperta."

Rachel ci pensò un momento.

"Credo di sì. Ma comunque mi mancano così tanto."

"Anche io."

Lei chiuse gli occhi.

"Buona notte."

"Buonasera, tesoro," rispose lui, baciandola sulla fronte.

CAPITOLO 2

Il giorno seguente fu una tipica giornata di lavoro per Rachel.

È stata contabile in una società di revisione contabile di medio livello.

Con la recente crescita economica nel centro della città, ha avuto molto lavoro da fare per i nuovi clienti.

Durante il pranzo, ha mangiato con lo stesso gruppo di donne che aveva mangiato negli ultimi anni.

Parlarono dei loro soliti argomenti: gossip, notizie di intrattenimento, famiglia, i loro figli, nuove ricette, ecc.

Erano tutti i migliori amici e godevano sempre della reciproca compagnia.

Erano quasi le sei del pomeriggio quando Rachel tornò a casa.

L'auto di Roger era già sul vialetto.

Quando entrò in casa, era particolarmente silenzioso.

Roger diceva rapidamente "ciao".

Lo chiamò, ma non ottenne risposta.

Quando Rachel entrò in cucina, un paio di braccia si avvolse intorno al suo corpo da dietro.

Le mani gli toccarono il petto lascivamente.

Lei urlò ad alta voce.

"Va bene!" disse, liberandola. "Sono io! Sono io!"

Si voltò rapidamente per vedere un'espressione sbalordita sul viso di Roger.

Chiaramente non si aspettava che sua moglie reagisse in questo modo.

"Dio! Roger! Non spaventarmi mai più così!"

"Volevo sorprenderti".

"Come è stata una sorpresa?" era furiosa. "Mi hai spaventato alla luce del giorno. Pensavo che mi stessero attaccando!"

"Scusa. Stavo solo cercando di essere romantico."

"Non c'è niente di romantico nell'essere toccato in quel modo."

"Mi dispiace. Non lo farò più."

Rachel si prese un momento per calmarsi.

"Non intendevo arrabbiarmi così tanto. È solo, per favore, sii un po 'più attento alle tue sorprese, okay?"

"Non ci siamo mai più divertiti. Hai notato?"

"Per favore Roger, non sono dell'umore giusto per questo in questo momento."

"Okay" annuì sconfitto.

Rachel si voltò e andò nella stanza per cambiarsi.

Si sedette sul letto e sospirò.

CAPITOLO 3

Il giorno successivo.

Rachel era davanti al computer a fare il suo lavoro di contabilità.

Il suo telefono squillò.

Era suo marito.

Lei rispose alla chiamata e quando Roger le disse che era importante, disse di aspettare un momento mentre usciva per avere più privacy.

Si chiese di cosa potesse trattarsi la chiamata.

Roger raramente chiamava mentre era al lavoro.

Suppose che non potesse essere per via della sua lotta ieri, perché aveva già risolto quella stessa notte.

"Sì?" Disse quando era fuori, lontano dagli altri colleghi.

"Facciamo un viaggio la prossima settimana", rispose senza mezzi termini. "C'è un posto tranquillo dove possiamo andare vicino alla costa."

"Non posso davvero. Le cose sono molto impegnate con il mio lavoro in questo momento."

"Anche il mio è così. Ma possiamo fare un buco. Possiamo andare venerdì prossimo e rimanere durante il fine settimana. Prenditi solo un giorno libero dal lavoro."

"Ma non ce n'è bisogno", rispose lei, cercando di ragionare con lui. "Non sono arrabbiato con te. Non l'abbiamo chiarito ieri sera?"

"Non riguarda ieri. Riguarda il nostro matrimonio."

Quelle parole mandarono uno shock completo attraverso la colonna vertebrale ai piedi di Rachel.

Aveva sempre supposto che il suo matrimonio fosse stato forte e che avesse dato a Roger tutto ciò che aveva sempre desiderato da una moglie.

"Il nostro matrimonio è nei guai?" lei chiese.

"Non parlare così. Ma c'è un modo per rendere il nostro matrimonio ... migliore ..."

Un altro segno gli scese lungo la schiena.

"Di cosa tratta questo viaggio?"

"Penso che ci sia qualcuno che può aiutarci."

"Un consulente matrimoniale?" chiese sorpresa.

Si fermò per un momento.

"Sì. Qualcosa del genere. Un consulente matrimoniale."

"Non lo stiamo facendo male, vero? Pensavo ... pensavo ..."

La voce di Rachel si stava soffocando e i suoi occhi si stavano bagnando.

"Non stiamo facendo nulla di male", rispose, cercando di rassicurarla. "Ma penso che possiamo migliorare. Questo è qualcosa a cui sto pensando da un po'."

"Bene. Se pensi che sia per il meglio."

"Grazie, tesoro. Mi dispiace di averti chiamato al lavoro. È una cosa dell'ultimo minuto. Aveva un posto vacante all'ultimo minuto nel suo programma e voleva approfittarne."

Rachel alzò un sopracciglio.

"Lei? Il consulente è una donna?"

"Sì."

"Che cosa sai di questa persona? Perché dobbiamo viaggiare così lontano per lui?"

"Spiegherò più tardi. Ma ha una reputazione unica. E penso che farà meraviglie per noi."

"Se è quello che vuoi, allora va bene."

"Sono contento che tu sia aperto a questo. Stasera discuteremo i dettagli."

"Ok ciao."

"Addio."

La chiamata terminò e Rachel rimase scioccata dal telefono in mano.

Una bomba era caduta su di lei, ma si rese conto che avrebbe fatto qualsiasi cosa per mantenere forte il suo matrimonio.

CAPITOLO 4

Alcuni giorni dopo.

Rachel era in piedi nella stanza a piegare i vestiti per il viaggio successivo.

Sapeva che il tempo sarebbe stato caldo, quindi ha messo in valigia magliette, pantaloncini, sandali e costumi da bagno che Roger le aveva detto di indossare come sarebbero stati vicino alla spiaggia.

Non voleva andare, non solo perché l'idea sarebbe costata loro migliaia di dollari, ma perché aveva bisogno di passare molto tempo al lavoro, e questa giornata persa sarebbe stata un giorno che avrebbe dovuto recuperare.

Ma se questa è stata la cosa migliore per il tuo matrimonio, allora non volevi litigare.

Ciò che lo infastidiva di più era il fatto che Roger fosse insolitamente scarso e pigro per la questione della consulenza matrimoniale.

In tutti i loro anni di matrimonio, erano sempre stati aperti su tutto.

Non c'erano mai stati segreti.

Non c'erano mai bugie.

Ecco perché il loro matrimonio ha avuto tanto successo.

Fino ad ora...

Trascorse molto tempo a chiedersi perché Roger volesse vedere un consulente.

Cosa succede al nostro matrimonio?

Ho pensato che fosse tutto a posto.

Ho pensato che tutto fosse perfetto tra di noi.

È sesso?

Non sono più abbastanza bravo?

Vuoi qualcun altro?

Sta avendo una relazione ?!

La valigia era quasi piena.

Tutto ciò che restava da mettere era il costume da bagno.

C'era una vecchia coppia nel suo armadio.

Che non usava da anni.

Si spogliò davanti allo specchio.

Guardò il suo corpo nudo.

Le lievi linee sul suo viso erano cresciute.

I suoi seni in precedenza molto vivaci avevano cominciato a deformarsi.

I suoi fianchi stavano diventando più spessi nonostante l'aerobica.

La verità è che non c'è da meravigliarsi che Roger voglia vedere un consulente.

Si mise il costume da bagno e si mise di fronte allo specchio con lui.

Ti piacerà questo.

In quel momento, Roger lasciò il suo ufficio a casa e si avvicinò a Rachel con un'espressione accigliata.

"Che succede?" chiese lei, sempre in costume da bagno.

"Ho appena parlato al telefono con il mio capo. Uno dei nostri clienti ha appena ricevuto una causa da svariati milioni di dollari. Non posso più partire per quel viaggio."

Lo guardò negli occhi e sapeva che Roger stava dicendo la verità.

Un raggio di speranza attraversò la mente di Rachel.

Era contenta che il viaggio fosse stato probabilmente cancellato.

"È molto brutto", rispose. "Questo significa che il viaggio è stato annullato?"

"Non ha senso annullare l'intero viaggio perché ho già pagato i voli e le disposizioni di consulenza. Dovresti andare da solo."

Lei era sorpresa.

"Vuoi che veda un consulente matrimoniale da solo? Che senso ha?"

Il sospiro

"Rachel, ti amo così tanto. Ti amo più di ogni altra cosa. Sei l'amore della mia vita."

"Oh Dio, hai una relazione. Non è così? C'è qualcun altro, giusto?"

"No, non è così", ha detto con enfasi. "Non ti tradirei mai. Non l'ho mai fatto e non lo farò mai."

"Allora, cosa sta succedendo? In questi ultimi giorni, sei stato molto evasivo in questo viaggio. Mai prima d'ora sei stato così riservato."

Sospirò di nuovo e scosse la testa.

"Scusa. Non sono stato completamente onesto con te. Penso di non essere così coraggioso come pensavo."

"Dimmi cos'è?"

"Ti fidi di me?"

"Certo che lo so. Se hai una relazione, dimmelo. Possiamo scoprirlo."

"Non ho una relazione, Rachel. Ma penso che ci debbano essere cambiamenti nel nostro matrimonio."

"Non sono più abbastanza bravo?" lei chiese.

"Smetti di dire cose del genere. Sei mia moglie. Ti amo più di ogni altra cosa."

"Allora perché non sei onesto con me?" richiesto.

Lui scosse la testa.

"Sto cercando di essere onesto. Ma non posso. Non è facile. Fidati di me, vorrei che tutto fosse facile."

"Non ti capisco più, Roger."

Una tristezza apparve sul suo viso.

"Puoi promettermi che andrai ancora? So che è difficile andare così, ma non te lo chiederei se non avessi pensato che potesse aiutare a salvare il nostro matrimonio."

"Pensi che il nostro matrimonio debba essere salvato?" chiese lei, con le lacrime agli occhi.

"Per favore, non renderlo più difficile, Rachel. Puoi promettermi che andrai da solo? Voglio che tu incontri il consulente e ascolti quello che ha da dire. Ascolta, e se non ti piace, poi torna a casa. Per favore, Ti scongiuro ".

Le lacrime le stavano già scorrendo lungo il viso.

Rachel annegò in loro e riuscì a malapena a parlare.

Quindi mise le braccia intorno a suo marito e gli diede un grande abbraccio soffocante.

Non avrebbe perso il matrimonio, quindi non importava il costo.

SECONDA PARTE:
Lady Samantha e la moglie

CAPITOLO 5

Rachel vide un uomo ben vestito dopo aver lasciato il terminal dell'aeroporto con i suoi bagagli.

L'uomo aveva in mano un cartello con sopra il suo nome.

Hanno parlato e confermato l'identità di entrambi.

Salì sulla sua auto di lusso per un viaggio di circa trenta minuti fino a quando non raggiunsero la loro destinazione.

Sperava di arrivare in un edificio per uffici.

Ma fu sorpreso di vedere che la destinazione era in realtà una grande casa vicino alla spiaggia, che sembrava più un palazzo.

Il proprietario del posto era una persona molto ricca.

E il proprietario non era assolutamente un normale consigliere matrimoniale.

L'auto si fermò sul vialetto.

L'autista è andato al bagagliaio per portare fuori i bagagli.

In quel momento, la porta d'ingresso della villa sulla spiaggia si aprì ed emerse una donna alta e statuaria.

Aveva un aspetto sbalorditivo, sulla trentina, con lunghi capelli ondulati e un corpo modello.

"Devi essere Rachel" sorrise la donna. "Ho sentito cose meravigliose su di te."

"Sono io. E tu lo sei?"

"Samantha. Benvenuti a casa mia."

Le due donne si strinsero la mano calorosamente.

"Che posto meraviglioso. Certamente non mi aspettavo niente del genere."

"La maggior parte della gente no. È un peccato che tuo marito non sia stato in grado di venire."

"Conosci mio marito?" Chiese Rachel.

"Viaggio molto con mio padre per lavoro e ho visto tuo marito diverse volte. Ma ne possiamo parlare più tardi. Sono sicuro che sei esausto. Lascia che ti mostri prima nella tua stanza."

Samantha condusse Rachel insieme all'autista su per le scale dal grande palazzo alla camera degli ospiti.

L'autista mise i bagagli in camera da letto e poi se ne andò.

Rachel era in costante stato di meraviglia mentre guardava il palazzo.

Non riuscì a capire quanto sarebbe valso tutto.

"Ti lascio fare la doccia e riposare" disse Samantha. "Gli asciugamani sono nello stesso bagno. Vieni in spiaggia verso le sei del pomeriggio. Possiamo guardare il tramonto insieme e bere un po 'di succo di frutta fresca."

"Sembra delizioso".

Samantha sorrise.

"Ci vediamo".

CAPITOLO 6

Rachel fece una doccia fredda e si rilassò.

La stanza degli ospiti in casa era migliore di qualsiasi altra stanza in qualsiasi hotel di lusso in cui fosse stato.

Tutto era puro lusso e classe.

Si chiese cosa avesse pianificato Roger.

***

Arrivarono le sei e Rachel scese le scale, vestita casualmente per il clima caldo in cui si trovavano.

Uscì sulla spiaggia e scoprì che la vista era meravigliosa.

Avevo dimenticato quanto poteva essere bello l'oceano, specialmente durante un tramonto.

Vide Samantha lì in piedi, ammirando la vista sull'oceano.

"Sei così fortunato da poterlo godere ogni giorno", ha detto Rachel.

"Infatti."

"Allora, cosa ci fai esattamente qui?"

"Cosa ti ha detto Roger?"

"Non molto, sfortunatamente. È solo che sei una specie di consulente matrimoniale. Ma a quanto pare, non sono del tutto sicuro che sia così."

"Faccio varie cose", rispose Samantha. "Faccio un po 'di sviluppo immobiliare e di lavoro per conto di mio padre. Ma faccio anche favori per le persone. Favori che mi piace molto dare."

"Come? Consulenza matrimoniale?"

Samantha mostrò un bel sorriso.

"Puoi dirlo anche così."

"Perché tutti sono così vaghi su questo? C'è un segreto che non dovrei conoscere?"

"Se vuoi sapere la verità, ho aiutato molte coppie nel corso degli anni. Non mi importa dei soldi. Lo faccio per piacere. Mi piace aiutare."

"E come aiuti esattamente queste coppie?" Chiese Rachel.

"Come pensi? Qual è la base di una buona relazione?"

"Amore", rispose Rachel.

"Sesso", fece l'occhiolino Samantha. "Io aiuto le coppie a fare sesso per loro."

Rachel rimase scioccata fino in fondo, ma non lasciò che la sua faccia lo mostrasse.

Fu sorpresa che il suo amato marito di vent'anni ci stesse pensando quando le parlò di lei.

"Quindi sei una terapista sessuale?"

"Non mi piacciono molto le etichette", rispose Samantha. "Ma so molto sul sesso. So cosa piace alla gente e come può essere migliorato. È un talento naturale che ho."

"Non penso che sia giusto per me. Grazie per la gentile ospitalità, ma dovrei andare. Prenderò il prossimo volo per casa."

"Sei appena arrivato".

"Lo so ma..."

"Roger mi ha avvertito che saresti preoccupato per questo."

"Hai dormito con lui?" Chiese Rachel senza mezzi termini.

"No. Credimi, tuo marito è un uomo fedele. L'ho appena visto e sapevo che la sua vita sessuale era molto carente. Quindi, quando ho trovato un'opportunità sul mio programma, ho fatto un'offerta a tuo marito."

Rachel socchiuse gli occhi.

"Sì, in cambio di diverse migliaia di dollari dei soldi di mio marito, giusto?"

"Come ho detto, i soldi non significano nulla per me. Guardati intorno, non ho bisogno dei soldi di tuo marito. Ma se non faccio pagare le persone, avrò una lunga fila di uomini che aspettano fuori dalla mia porta per ottenere un servizio gratuito ".

"Bene, grazie per l'ospitalità. Non voglio perdere tempo. Questo non fa per me. Prenderò il prossimo volo disponibile."

Samantha annuì.

"È perfettamente comprensibile. Puoi restare qui quanto vuoi. Il mio autista ti porterà quando vuoi. Restituirò i soldi di tuo marito il più presto possibile."

"Grazie."

"Buona fortuna con il tuo matrimonio", disse Samantha, riportando la sua attenzione sul sole al tramonto.

Rachel si fermò per un lungo momento.

"Che cosa sai del mio matrimonio?"

"Tuo marito lo voleva per una ragione specifica. Quindi so che la tua vita sessuale deve essere incredibilmente noiosa e monotona."

"C'è di più nel matrimonio oltre al semplice sesso. Ci amiamo. Siamo grandi partner nella vita."

"Continua a dirtelo," rispose Samantha. "Tuo marito ovviamente sente che manca qualcosa nella tua relazione. Ma se pensi che tutto sia perfetto, sentiti libero di andartene."

Rachel fece un'altra lunga pausa.

"Se resto qui, voglio dire, nei prossimi giorni, che cosa accadrà? Che cosa farò qui?"

"Se rimani, ti insegnerò le gioie del dominio e della sottomissione. Questa è la mia specialità. Qualcuno come Roger ha bisogno di sentirsi come l'uomo nella relazione. Posso insegnarti come servirlo correttamente."

"Sembra un po 'rozzo."

"Il sesso è crudo. Ma è anche bello. Quando è stata l'ultima volta che hai avuto un orgasmo strabiliante? Il tipo che lascia una pozzanghera tra le gambe."

"Non ricordo", rispose Rachel. "Anni. Forse di più."

"Poverino. Ma posso sistemarlo. Le donne anziane, in particolare le mogli, sono una mia specialità."

"Non stiamo andando a ... sai ..."

"Lo faremo. Faremo tutto insieme."

"Non posso farlo", rispose Rachel. "È pazzesco. Non ho mai fatto niente con un'altra donna prima."

Pensala come un'esperienza di apprendimento. Inoltre, non è pazzesco se tuo marito pensa che sia benefico. "

"Sei sicuramente molto entusiasta di questo intero progetto."

Samantha sorrise.

"Dovresti esserlo anche tu."

"E adesso?"

"Ora, torno dentro per prepararmi per la cena. Il mio chef sta facendo qualcosa di delizioso. Se vuoi restare, unisciti a me per cena. Se vuoi andartene, parla con il mio autista."

"Voglio restare."

"La cena dovrebbe essere pronta presto. Possiamo conoscerci meglio. Domani è quando inizia il vero divertimento."

Samantha mostrò un altro sorriso pieno di insinuazioni.

Quindi si voltò per entrare nella sua grande dimora.

CAPITOLO 7

Il giorno successivo.

Una piccola parte del personale ha servito la colazione all'aperto.

Tutto è stato gestito correttamente.

Tutto il cibo era preparato al momento.

Le due donne si godevano la reciproca compagnia mentre facevano colazione.

"Posso davvero abituarmi a questo", scherzò Rachel.

Samantha gli fece l'occhiolino.

"Chi cucina di solito in casa tua? Suppongo che tu sia. Sembri una donna molto domestica."

"Sono cresciuto alla vecchia maniera. Vengo da una lunga fila di casalinghe."

"Tipico. Hai quel classico aspetto conservatore."

"Lo sento molto", scrollò le spalle Rachel. "Ma per una buona ragione. Adoro prendermi cura della mia famiglia. Adoro essere la madre e la moglie ideali per loro."

Samantha annuì.

"Sono sicuro che Roger apprezza tutto ciò che fai in casa."

"Sì," rispose Rachel. "Sono molto fortunato ad averlo. La maggior parte dei mariti non apprezza il lavoro svolto dalle mogli per loro."

"Roger ti ricompensa? Ti permette di succhiare il suo cazzo?"

"Scusate?"

"Roger ti fa succhiare il pene quando sei stata una brava ragazza?"

Rachel fu sorpresa dai discorsi osceni a colazione, specialmente di fronte allo staff.

Le conversazioni sfacciate sul sesso le erano sempre sembrate di cattivo gusto.

"Non penso che siano affari tuoi," rispose Rachel.

"Non è così? Pensavo volessi il mio aiuto."

"Suppongo, ma ..."

"Sinceramente. Siamo entrambe donne adulte. E il mio staff è molto discreto. Sto solo cercando di aiutarti."

Rachel sospirò leggermente.

"Lo faccio per lui, solo a volte. Non mi piace davvero farlo".

"Allora, in che cosa consiste la tua vita sessuale con Roger? Ti arrampica su di te, ti fa delle oscillazioni e poi corre?"

"Fondamentalmente."

Samantha quasi rise.

"Non è una bella vita sessuale. Sembra più una formalità."

"Funziona per noi."

"Ovviamente no. Roger ti vuole qui per una ragione. Odio darti notizie, ma Roger è un ragazzo normale e arrapato. Ama il sesso. E adora fare i pompini. Ma è troppo timido per chiedere favori alla sua piccola moglie carina. extra ".

"Sei presuntuoso."

Samantha alzò un sopracciglio.

"Lo sto facendo? Roger ha mai rifiutato il sesso? Sembra un ragazzo delle superiori ogni volta che gli fai schifo il cazzo? Sai che ho ragione. Tutti gli uomini sono uguali quando si tratta di sesso."

"Non è così che sono cresciuto", disse Rachel dopo una lunga pausa. "Probabilmente hai ragione su Roger. Ma non so più come compiacerlo."

Samantha schioccò le dita e qualcuno del personale portò un giocattolo del sesso su un vassoio d'argento.

Samantha lo raccolse e lo staff se ne andò.

Il sex toy color carne aveva la forma di un pene da uomo.

"È incredibile quanto siano diventati realistici questi giocattoli per adulti", ha detto Samantha, sollevandolo in alto e stupito.

Sebbene fossero all'aperto, a Samantha non sembrava importare tenere un dildo.

Rachel si sentì un po 'a disagio, anche se non c'era nessun altro in giro.

"Non hai paura che qualcuno possa venire a trovarti con quello?" Chiese Rachel.

"È perfettamente legale avere un sex toy nello stato."

Rachel annuì timidamente.

"Hai ragione."

"Non c'è niente di sbagliato nel baciarne uno."

"Cosa intendi?"

Samantha scosse leggermente il dildo.

"Vai avanti, bacialo."

"Perché?"

"Sono curioso di come sembri con un pene in bocca."

Rachel sembrava nervosa quando Samantha le porse il dildo, che era puntato sul suo viso.

Immaginava che discutere sarebbe stato inutile.

Era ospite in una casa di lusso.

Sapeva che sarebbe stato scortese negare la richiesta.

Si sporse in avanti sul tavolo e baciò la testa del dildo.

"Ora apri le tue labbra" disse Samantha. "Portalo dentro."

Rachel si sentì in imbarazzo, ma lo fece comunque.

Ha permesso al giocattolo del sesso di entrare nella sua bocca.

Samantha iniziò a spingere e tirare il dildo nella bocca di Rachel per simulare il sesso orale.

"Tutto qui?" Disse Samantha, osservando attentamente. "Succhialo. Tutto così. Immagina che sia Roger."

Sentendo quelle parole, fu acceso un fuoco in Rachel.

Ha succhiato più forte, più veloce e più difficile.

Ha davvero iniziato a fare sesso orale con dildo.

Prima che Rachel potesse continuare, Samantha si tolse il dildo dalla bocca e Rachel si appoggiò allo schienale.

"Non male" disse Samantha. "Ma le tue abilità nel pompino potrebbero migliorare un po '. Ci lavoreremo più tardi. Penso che Roger sarà molto felice per quando tornerai a casa."

"Lo spero," arrossì Rachel.

Samantha sorrise.

"Abbiamo una lunga giornata di allenamento davanti a noi. Finiamo la colazione e approfittiamo del nostro tempo."

Mangiarono di nuovo la colazione.

Rachel abbassò lo sguardo sul suo cibo, ma stava ancora pensando alle ultime parole di Samantha.

Formazione? Cosa diavolo voleva dire con quello?

CAPITOLO 8

La camera da letto di Samantha consisteva in una grande e spaziosa area.

Ed era semplice ma elegante.

L'arredamento sembrava rustico e costoso.

Il balcone era aperto e aveva una vista perfetta sull'oceano.

"Suo marito mi ha detto le tue dimensioni e misure", ha detto Samantha. "Quindi sono andato avanti e ti ho comprato un nuovo guardaroba."

C'era una valigia nel mezzo della stanza.

Samantha l'ha aperto per rivelare un'ampia varietà di abiti, molto rivelatori e un'ampia varietà di biancheria intima.

Rachel era sbalordita.

"È tutto per me?"

"Tutto in quella valigia fa per te. Ti ho anche comprato un nuovo kit per il trucco."

"Cosa c'è che non va nel mio trucco?"

"Niente se sei un contabile", rispose Samantha. "Ma se vuoi dare a tuo marito un'erezione costante, dovrai lavorare un po 'più duramente."

"A Roger piace come piace a me."

"Sei una donna molto carina. Sono sicuro che Roger pensa che tu sia la donna più bella del mondo. Ma a volte gli uomini vogliono solo una puttana sporca in camera da letto. Questi sono i fatti."

Rachel fece una pausa.

"Non sono più esattamente una giovane donna."

"Non c'è assolutamente nulla di sbagliato nelle donne della tua età. Tutti amano le donne anziane. Adoro le donne anziane."

"Quindi, cosa stiamo facendo?"

"È bello essere una casalinga primitiva e corretta. Ma è anche bello essere una cagna sporca in camera da letto di tanto in tanto. Questo è ciò che ho intenzione di insegnarti."

Rachel fece un respiro profondo.

"Bene. Terrò aperta la mente a qualunque cosa tu abbia da dire."

"Bene. Adesso spogliati."

"Perdonami?"

"Spogliati. Togliti i vestiti. Tutto."

"Perché?"

«Je pensais que tu avais dit que tu gardais l'esprit ouvert» dit Samantha avec un sourcil levé. "Si vous voulez mon aide, écoutez ce que j'ai à dire."

Rachel savait déjà que se disputer avec Samantha n'était jamais une stratégie gagnante.

Elle prit une profonde inspiration pour reprendre courage et retira ses vêtements avec hésitation, pliant soigneusement chaque vêtement et le plaçant sur le lit voisin.

C'était un peu embarrassant pour Rachel de se déshabiller devant Samantha, car son corps était âgé et Samantha était très jeune et en forme.

Mais Rachel se dit que c'était comme se déshabiller devant le médecin.

Samantha avait probablement vu de nombreuses femmes nues de son âge.

Elle a tout vu.

Quand ce voyage sera terminé, je n'aurai plus jamais à la revoir.

Alors, qui se soucie si elle me voit nue?

Elle a enlevé tous ses vêtements et à la fin Rachel était complètement nue devant une femme beaucoup plus jeune et plus séduisante.

"Très féminine et belle," dit Samantha avec un petit indice en hochant la tête.

"Ça tu crois?"

"Comme je l'ai dit, j'adore les femmes plus âgées. Et j'aime les femmes au foyer. Je pense que vous êtes extrêmement attirante."

Rachel haussa les épaules.

"Et quelle est la prochaine étape?"

"Suivez-moi."

Samantha a conduit Rachel à la commode.

Rachel était assise devant le grand miroir et une table pleine de produits de beauté design.

Ils regardèrent tous les deux le reflet seins nus de Rachel dans le miroir.

Samantha a ensuite utilisé une serviette humide pour essuyer le maquillage de Rachel jusqu'à ce que son visage soit propre.

Les rides et les lignes d'âge sur le visage de Rachel étaient devenues plus apparentes.

«Tu as une telle beauté naturelle, Rachel. Tu es très jolie.

"Je vous remercie."

"Mais nous ne sommes pas intéressés par la beauté pour le moment", a déclaré Samantha. «Nous sommes intéressés par sexy. Es-tu prêt pour ça, Rachel?

"Credo di si."

"Iniziamo."

Samantha è andata direttamente al lavoro applicando cosmetici.

Ha applicato abilmente uno strato di fard, ombretto, mascara, eyeliner e una brillante tonalità di rossetto rosso.

Secondo per secondo, la casalinga pudica ha visto il suo aspetto trasformarsi.

Quando ebbe finito, Rachel riuscì a malapena a riconoscersi.

"Che ne dite di?" Chiese Samantha, orgogliosa del suo lavoro.

"Sembra ... sembra ... interessante ..."

Samantha diede una pacca sulla donna sulle spalle.

"Ti ci abituerai. Ricorda, questo è solo per te e Roger. Nessun altro."

"Capisco."

"Ora, ti vestiamo, va bene?"

Rachel si alzò e seguì Samantha nella grande stanza.

Samantha allungò una mano dentro la valigia e tirò fuori una sottile veste rossa.

"Prova questo", ha detto Samantha. "E guardati allo specchio."

Rachel guardò il suo riflesso nudo allo specchio mentre indossava la vestaglia.

Era scarno, magro e piccolo.

Soprattutto, era semi-trasparente.

Il colore dei suoi capezzoli e dei peli pubici era completamente visibile.

"È un po 'rivelatore, non credi?" Rachel ha espresso ciò che era ovvio.

"Questa è l'idea. Quando sei a casa, voglio che tu lo usi sempre per Roger. Sarà un matrimonio più felice."

"Vuoi che io sia praticamente nudo in ogni momento?"

"Pensaci, Roger litigherebbe con te mentre i tuoi capezzoli sono esposti?"

"Questo è certamente un modo divertente di guardare le cose", rispose Rachel con una risatina.

Samantha sorrise.

"Ho aiutato molte coppie nel corso degli anni. Fidati di me, so di cosa sto parlando."

Le due donne si sorrisero scherzosamente prima di provare altri abiti.

CAPITOLO 9

Più tardi quel giorno.

Rachel era in uno stato di profondo rilassamento.

Ero nella stanza della spa, da solo con una massaggiatrice addestrata.

La sua mente si allontanò mentre la sua schiena riceveva un massaggio esperto.

Era felicità.

"Sono contento che ti stia divertendo" disse Samantha, entrando nella spa.

"Questo è il paradiso."

"Un buon massaggio è sempre paradisiaco. Mi dispiace interrompere, ma ho appena parlato con mio padre al telefono. È successo qualcosa."

Rachel si sedette per ascoltare la notizia.

Ha mostrato il suo seno, ma non le importava.

"Va tutto bene?" lei chiese.

"Va tutto bene. Ma mio padre sta cenando in grande con alcuni dei suoi soci in affari, e vuole che mi unisca a lei. Vuole che sia aggiornato. Inoltre, sono un grande intrattenitore per gli ospiti."

"Dovrei andare?" Chiese Rachel, temendo segretamente il peggio.

"No, no. Ma non sono sicuro a che ora tornerò, quindi mettiti comodo a casa mia. Ho già incaricato il personale di prepararti una buona cena. Fai quello che vuoi in seguito. Ci sono libri, film, musica, qualunque cosa tu voglia. Il mio staff ti aiuterà con qualunque cosa tu abbia bisogno. "

"Grazie, sei molto gentile."

Samantha alzò un sopracciglio.

"Se sei dell'umore giusto per qualcosa di un po 'più provocatorio, prova la collezione di DVD nella mia stanza. Chissà, potresti vedere qualcosa che ti piace."

"Lo terrò a mente," rispose Rachel, incerta su come interpretare le insinuazioni.

"Divertiti. Proverò a tornare presto."

"Buona notte."

Samantha sorrise e se ne andò.

CAPITOLO 10

Quella stessa notte.

La lussuosa dimora sembrava un po 'noiosa senza il suo proprietario.

Dopo una cena anticipata, Rachel guardò il tramonto ed esplorò di nuovo la casa.

Diede un'occhiata a ciò che aveva per l'home theater e la collezione musicale, ma non gli interessava molto.

Ora stava guardando la televisione in salotto.

La notizia era l'unica cosa che lo interessava.

Si chiese come stesse Roger.

Si chiese se a Roger non sarebbe mancata.

Venne la noia.

Erano le undici di sera e Rachel decise di andare a letto.

Sulla strada per la sua stanza, passò davanti alla stanza di Samantha.

La porta era spalancata.

L'offerta di guardare i suoi DVD privati era ancora nella mente di Rachel.

Perchè no?

Mi ha invitato a venire nella sua stanza a guardare.

Rachel entrò nella camera da letto principale e andò alla grande televisione.

I DVD non erano difficili da trovare.

C'erano più di 200 DVD, ha stimato.

Tutti i DVD erano fatti in casa.

Ogni DVD aveva un nome scritto sopra, insieme a una data.

Rachel accese la televisione e il lettore DVD.

Ha selezionato un DVD casuale intitolato: Joseph 03-07-2018

Il DVD iniziò e Rachel si sedette sul letto.

Fu sorpresa da ciò che vide.

Sullo schermo apparve un uomo nudo.

Era di mezza età e in forma normale.

Aveva il volto di un uomo d'affari di successo.

Il suo pene era piccolo e flaccido.

Sembrava timido.

Stavo guardando direttamente la telecamera.

Era in piedi in una stanza degli ospiti.

L'uomo ha dichiarato il suo nome, l'età e che la sua occupazione lavorativa era uno sviluppatore immobiliare.

La scena sembrava molto strana e rese Rachel estremamente a disagio.

Non riusciva a capire perché Samantha avrebbe avuto un DVD del genere.

Rachel si alzò e stava per spegnere il DVD quando improvvisamente sentì la voce di Samantha provenire dalla televisione.

Stava cominciando a dare ordini all'uomo nudo.

Rachel si sedette di nuovo per continuare a guardare.

L'uomo nudo sullo schermo si accarezzò.

Il suo pene piccolo divenne un po 'più grande e più rigido.

L'uomo si inginocchiò quando la voce di Samantha gli ordinò di farlo.

Samantha apparve sullo schermo e Rachel quasi ansimò.

Samantha è apparsa nel video indossando un corsetto di cuoio stretto, mostrando le sue braccia e gambe.

C'era un lungo dildo stretto tra le gambe di Samantha che doveva essere lungo almeno sei pollici.

Samantha era in piedi di fronte all'uomo in ginocchio, e l'uomo iniziò a succhiarsi il pene dalla cintura con entusiasmo.

Rachel non poté fare altro che sembrare quasi scioccata.

Ero completamente incredulo che Samantha facesse una cosa del genere con un uomo.

Il suo istinto gli disse di spegnere il DVD, ma non ci riuscì.

Lo schermo era diventato ipnotico.

Nel video, Samantha ha ordinato all'uomo di alzarsi e appoggiarsi al letto.

Lo ha fatto con entusiasmo.

Samantha ha quindi applicato una grande quantità di lubrificante sul sex toy e si è posizionata dietro l'uomo.

Rachel ansimò mentre guardava Samantha penetrare nell'uomo.

Era tutto ciò che Rachel poteva sopportare.

Si alzò e spense il DVD.

Quando ha rimesso il DVD al suo posto nella collezione, ha visto un altro video etichettato come Anna 23-23-2019.

È stato registrato solo pochi mesi fa e la protagonista deve essere stata una donna.

Rachel era curiosa, inserì il video e si sedette sul letto.

Il video mostrava una donna matura e nuda.

La donna aveva circa cinquant'anni.

Ovviamente una casalinga.

Anche il video è stato girato nella stessa stanza, ma questa volta Samantha teneva la macchina fotografica e parlava con la casalinga.

Samantha ordinò alla donna di inginocchiarsi e strisciare sulla figa di Samantha.

La donna ha sapientemente fatto sesso orale sulla figa rasata di Samantha.

Rachel fu sopraffatta dalla lussuria che provò mentre guardava il video di sesso privato a casa di Samantha.

Si chinò e si toccò mentre guardava.

Ha iniziato a giocare con la sua figa.

Il lesbismo e la sottomissione non sono mai state le sue fantasie, ma c'era qualcosa di affascinante nei video di casa di Samantha.

Rachel ha continuato a strofinarsi la figa fino alla fine del video.

Quindi ha riprodotto un altro video, questa volta in coppia.

Il tempo è volato via e Rachel aveva già visto qualche altro video.

Ha sborrato potentemente guardando il porno fatto in casa.

Era passato molto tempo da quando aveva provato un orgasmo così bello.

Chiuse gli occhi per riposare per un po '.

* * *

Rachel si svegliò e sentì un dito strofinarsi la pelle.

I suoi occhi si spalancarono.

Era ancora notte.

Alzò gli occhi e vide Samantha in piedi su di lei con un sorriso sul viso.

"Vedo che ti è piaciuta la mia collezione" sorrise Samantha.

Rachel si coprì rapidamente la figa.

"Oh Dio. Mi dispiace così tanto. Devo essermi addormentato."

"Non c'è nulla di cui pentirsi. Hai trovato qualcosa che ti piace. Ora siamo pronti per il prossimo passo."

Entrambe le donne si guardarono negli occhi.

Ci fu un breve momento di silenzio tra di loro.

E c'era anche una discreta comprensione che le cose sarebbero diventate molto più interessanti.

TERZA PARTE: La schiavitù è il nostro piacere

CAPITOLO 11

Le petit déjeuner était presque inconfortable le lendemain matin pour Rachel.

C'était la première fois de sa vie qu'elle était surprise en train de se masturber.

Il avait un sentiment de honte et d'inconfort.

"Vous devez avoir beaucoup de questions", a déclaré Samantha.

"Quelque chose."

"Ne soyez pas timide. Écoutons-nous."

"Que faisais-tu exactement dans ces vidéos?" A demandé Rachel.

"Différentes personnes ont des fétiches différents. C'est un fait de la sexualité humaine. Je fournis simplement un service pour ces fétiches."

"Es-tu une sorte de dominatrice, ou comment s'appelle-t-elle aujourd'hui?"

Samantha sourit.

"Quand je veux l'être. Ou si quelqu'un a besoin de mon aide."

«Appelez-vous cette aide? Demanda Rachel en haussant les sourcils.

«Bien sûr que oui. As-tu vu combien ces gens ont couru?

Rachel se sentit soudain timide.

"Étiez-vous ... euh ..."

"Vas-y. Demande juste. Je ne vais pas mordre."

Rachel prit une profonde inspiration.

«Aviez-vous l'intention de faire une de ces choses à moi ou à Roger? C'était le plan depuis le début? Est-ce que Roger veut être sodomisé en laisse? Veut-il me voir faire une fellation à une femme?

"Ce sont les grandes questions, n'est-ce pas?"

"Vas-tu me donner une réponse?"

Samantha fit une pause dramatique pendant un long moment alors qu'elle buvait le jus fraîchement pressé.

"La réponse est la suivante," répondit Samantha. "Votre mari n'a aucune idée de ce qu'il veut. Il sait qu'il veut une meilleure vie sexuelle. Il sait qu'il ne veut pas coucher avec une femme sans émotion chaque semaine."

«Roger m'a traité de femme sans émotion? Rachel a demandé avec des sentiments blessés.

"Pas avec ces mots. Mais la façon dont il a décrit sa vie sexuelle, tu pourrais aussi bien être sans émotion.".

"Quindi cosa pensi che Roger voglia? Per me essere sottomesso come le donne nei tuoi video?"

"Forse. Ecco a cosa serviva questo viaggio. Sfortunatamente si è impegnato e non posso aiutarlo. Ma per fortuna sei qui."

"Ma stai scherzando?"

"No. Non lo è. Posso dire che non lo è. Ma è vicino a farlo. Il sesso che fornisci è inappropriato per un uomo come lui."

"Che devo fare?" Chiese Rachel.

"Fai come ti dico. Vestiti come ti ho ordinato. Succhia il suo cazzo come ti ho insegnato. In effetti, mi aspetto che gli fai un pompino ogni mattina prima del lavoro, e di nuovo quando torna a casa. Nessuna scusa. non per ".

Rachel annuì.

"Posso farlo."

"Ma c'è ancora molto da imparare. Il sesso orale non risolve tutto, che ci crediate o no."

"E che cos'è?"

Samantha gli lanciò uno sguardo furbo.

"Dovremo scoprirlo dopo colazione."

CAPITOLO 12

C'era una notevole tensione nell'ambiente quando Rachel seguì Samantha in una stanza privata nella villa.

La stanza aveva pareti lisce e mobili semplici.

C'era un lettino alto solo due piedi.

Il letto era semplicemente coperto, senza coperte o cuscini, solo un lenzuolo.

"Non perdiamo tempo" disse Samantha. "Tuo marito vuole una moglie sottomessa. In fondo, penso che desideri ardentemente una figura sessuale dominante."

"Non sono assolutamente d'accordo," disse fermamente Rachel.

"Oh?"

"Non credo che Roger mi ami in quel modo. E certamente ho i miei limiti. Ho sempre sentito che una relazione corretta si basa sull'uguaglianza."

"Anche durante il sesso?"

"Sì."

Samantha si leccò le labbra.

"Hai molto da imparare oggi."

"Terrò una mente aperta su ciò che suggerisci."

Samantha annuì.

"Ti ho portato qui per un motivo specifico. Questa è una stanza per principianti. Non sei ancora pronto per la stanza del bondage."

"Sembra intimidatorio."

"Intimidando in modo positivo. Ma per ora, ci accontenteremo di questa stanza perché è facile ripulire dopo un disastro."

"Cosa dovrebbe significare?" Chiese Rachel.

"Significa che ti farò venire. Nel modo giusto. Ti mostrerò come si sente un vero orgasmo."

"Samantha, apprezzo tutto quello che stai facendo per me, ma davvero non credo sia necessario."

"Certo che lo so", rispose Samantha con fermezza. "Non puoi diventare un vero sottomesso se non ne hai sentito i piaceri. Inizieremo lentamente. Faciliterò un nuovo stile di vita per te."

Rachel fu colpita dalla parola stile di vita.

Le cose stavano per diventare più interessanti.

Ed ero curioso di sapere dove stavano andando le cose.

"Bene", rispose lei. "Non discuterò. Non mi lamenterò. Farò come chiedi."

"Voglio vederti dietro. Ti voglio nudo dalla vita in giù. Quindi sdraiati sul letto. Tenendo i piedi sul pavimento."

Rachel era preoccupata per la richiesta.

Ma lo fece comunque da quando aveva detto che l'avrebbe fatto senza discutere.

Si spogliò di tutto lasciando il sedere in aria e sistemò con cura i vestiti sul letto.

Ora era in piedi con il suo cespuglio moderatamente peloso esposto a Samantha.

Quindi si sdraiò sul lettino con i piedi ancora sul pavimento.

"Dovrai raderti più tardi," disse Samantha, guardando i suoi peli pubici.

"A mio marito piace."

Raditi oggi. Non preoccuparti, ricrescerà.

Rachel roteò gli occhi.

"Ovvio".

"Adesso allarga le gambe. Largo."

Rachel l'ha fatto.

Allargò le gambe e diede a Samantha una visione chiara della sua figa.

Si sentiva insicura nel mostrare la sua figa matura a una bellissima giovane donna, ma supponeva che ci fosse uno scopo dietro tutto.

"Felice adesso?"

"Bella fica", apprezzò Samantha. "È carino."

"Hai intenzione di stare lì e guardarlo?"

"Certo che no. Se non ti dispiace, legherò le gambe al letto prima di farti venire. Rilassati, ti prometto che ti piacerà."

Samantha allungò una mano sotto il letto per cercare qualcosa e tirò fuori una corda che legava le caviglie di Rachel a colonne opposte sul letto.

Tutto è stato fatto con precisione da esperto.

Samantha era chiaramente un esperto di corde e schiavitù.

Quando ebbe finito, le gambe di Rachel erano distese come un'aquila, legate e la sua figa era spalancata.

Un forte ronzio echeggiò nella stanza.

"Che diavolo è quello?" Chiese Rachel, guardando Samantha.

Samantha sollevò un grosso sex toy vibrante, che sembrava e suonava come uno strumento elettrico.

Il dispositivo aveva un piano vibrante progettato per stimolare il clitoride di una donna.

"Questo cambierà la tua vita in meglio. Adesso rilassati."

Rachel giaceva con gli occhi spalancati sul letto.

La cosa si stava avvicinando tra le sue gambe.

Samantha sembrava sul punto di eseguire una procedura medica con il forte dispositivo vibrante.

La parte superiore vibrante si avvicinò alla figa esposta.

Il potente vibratore toccò la punta del clitoride di Rachel.

"Aaahhhh !!!!" la casalinga matura urlò di dolore.

Samantha si staccò per un momento.

"Rilassati. Rilassati, tesoro. Rilassati mentre mi prendo cura di te."

La potente vibrazione è stata riportata al clitoride.

Rachel urlò di nuovo.

Avrebbe potuto chiedere a Samantha di fermarsi.

Avrebbe potuto sedersi e spingere Samantha.

Lei avrebbe potuto combattere.

Ma lei no.

Rachel si sdraiò semplicemente sul letto e assorbì l'intensa stimolazione.

Sebbene fosse doloroso, c'era anche un piccolo lampo di piacere.

Il piacere è cresciuto e cresciuto.

Rachel continuò con angoscia, ma cercò di rilassare il suo corpo.

Ha accettato la sensazione potente.

Le sue gambe stavano tirando e combattendo contro la corda, ma questo non aiutò.

Le sue gambe non potevano muoversi.

La sensazione nel suo corpo era in conflitto.

Voleva resistere, ma voleva anche permettere ai sentimenti di fluire.

Continuò a gemere e lanciarsi sul letto.

Samantha premette il palmo della mano sul corpo della casalinga.

Quindi spinse con forza il dispositivo vibrante contro il clitoride.

La stimolazione era irreale.

La casalinga matura urlava di agonia e piacere.

Le sue gambe combatterono contro la corda con tutte le sue forze.

È stata una battaglia persa.

Quando Samantha inserì due dita nella sua figa, entrando e uscendo, arrivò Rachel.

Stava correndo e correndo.

Schizzò e schizzò più dei suoi succhi.

È stato un orgasmo bagnato che ha creato un vero casino ovunque.

La schiena di Rachel si inarcò violentemente.

Le dita dei piedi si arricciarono.

Ha fatto facce strane pur essendo quasi irriconoscibile per un po '.

Quindi il suo corpo è andato completamente inerte.

Samantha spense il dispositivo e sorrise al suo lavoro.

Abbassò il dispositivo e slegò le caviglie della casalinga.

Si sedette sul letto e si strofinò i capelli con Rachel, notando quanto fosse bella.

"Non lottare per parlare ancora," disse Samantha, sfregandosi ancora i capelli. "Rilassati. Goditi la tua felicità. Sono sicuro che il tuo clitoride deve far male in questo momento."

Rachel annuì.

"Sì."

"Riposa. Lascia che il tuo clitoride si riprenda. Continueremo ad allenarci più tardi oggi."

Samantha si chinò a baciare Rachel sulla fronte, poi sulla guancia, poi sulle labbra.

CAPITOLO 13

Il tempo è passato senza fretta.

Pranzarono insieme e parlarono di cose normali.

Tra loro è cresciuta un'amicizia.

Il tema del sesso non era mai più tornato e il clitoride di Rachel ebbe abbastanza tempo per guarire dall'assalto vibratorio.

Rachel fece un pisolino nel mezzo del pomeriggio e quando si svegliò, c'era un bellissimo vestito nero sul suo letto.

Sul letto c'erano anche un paio di scarpe col tacco alto.

Sulla parte superiore del vestito c'era una nota scritta a mano.

La nota diceva:

Fai una bella doccia lunga. Quindi applica il trucco come ti ho insegnato. E poi indossa il vestito e i tacchi senza nient'altro sotto.

Ci incontreremo al piano di sotto nella stanza degli schiavi alle sei del pomeriggio. La porta sarà aperta. "

La nota è stata firmata da Samantha.

Un formicolio crebbe tra le sue gambe.

Rachel si alzò dal letto e si fece la doccia.

Si asciugò e guardò il suo riflesso nudo allo specchio prima di truccarsi.

Ha applicato ogni prodotto cosmetico esattamente come le aveva insegnato Samantha.

Rachel mise il vestito davanti allo specchio della camera da letto.

L'abito era elegante e sexy.

Si meravigliò del suo riflesso.

Sembrava una donna molto diversa.

***

Scese di sotto alle sei esatte del pomeriggio, poi scese nel corridoio.

Era facile scoprire dov'era la stanza della schiavitù.

Era l'unica stanza nella casa in cui la porta era sempre chiusa.

Ora la porta era aperta e sembrava bussare.

La stanza della schiavitù sembrava noiosa rispetto al resto della casa.

Era una stanza di medie dimensioni senza nulla di valore.

C'erano alcuni tavoli e sedie.

C'erano altri oggetti dall'aspetto interessante, come una corda appesa al soffitto e dispositivi dall'aspetto strano che sembravano ruvidi.

Rachel entrò nella stanza e lasciò che i suoi occhi vagassero su di lei.

L'attesa è cresciuta.

"Era quello che ti aspettavi?" La voce di Samantha disse da dietro.

Rachel si girò e vide Samantha vestita con un corsetto di pelle rossa e stivali neri.

Mostrò le braccia e le gambe tonica e i capelli raccolti.

Era vestita come una vera dominatrice.

Samantha quindi chiuse la porta.

"Speravo un po 'di più, a dire il vero", disse Rachel, nascondendo i suoi nervi.

"Molte persone si aspettano di più dalla mia stanza di schiavitù. Ma preferisco la semplicità. Mi piace avere quell'elemento sorpresa."

"Cosa intendi?"

"Mi piace che la gente sottovaluti questa stanza" sorrise Samantha. "Inoltre, è irrilevante il tipo di giocattoli e dispositivi utilizzati. È la volontà di sottomettersi e il potere dominante sul sottomesso, che crea una buona relazione erotica BDSM. Non i giocattoli."

Le mani di Rachel indicarono la stanza.

Tuttavia, eccoci qui. "

"Non fraintendermi," disse Samantha, camminando verso la casalinga. "Adoro usare i giocattoli. E amo anche le corde. Migliorano il mio potere sui sottomessi in molti modi."

"Cosa mi farai?"

Gli occhi di Samantha guardarono su e giù la casalinga.

"Ho dimenticato di menzionare quanto sei bella in quel vestito. Ti sta perfetto, mostrando tutte le tue curve. E il tuo trucco, sono impressionato. Impara velocemente."

"Grazie. Sembri ... umm ... attraente in quel vestito."

"Cerco sempre di apparire al meglio."

"Allora, cosa hai intenzione di farmi?" Chiese di nuovo Rachel, quasi disperata di saperlo.

Samantha fece un passo avanti e avvicinò le labbra all'orecchio della casalinga.

"Ti legherò," disse piano Samantha. "Allora ti farò venire ancora e ancora. Apparterrai a tuo marito. Ma stasera, appartieni a me. La tua figa appartiene a me. E i tuoi orgasmi anche a me."

Gli occhi di Rachel si spalancarono.

"Oh. Io ... uh ..."

"Suppongo che Roger non ti abbia mai legato."

"Mai."

"Perfetto. Adoro essere il primo di qualcuno. Resta fermo."

Rachel rimase immobile, timidamente, nel suo vestito costoso, mentre guardava Samantha accendere un apparecchio sul muro.

La corda che pendeva dal soffitto scendeva dove era Rachel.

"Mi legherai a quello?" Chiese Rachel.

"C'è un problema?"

Rachel scosse nervosamente la testa.

"Non."

"Bene. Adesso dammi le tue bambole."

Samantha usò la corda morbida e legò abilmente i polsi di Rachel.

Il nodo era stretto.

Le mani di Rachel erano legate.

Non ha fatto resistenza.

Una volta che gli legò la corda, Samantha tornò al muro e girò il dispositivo nella direzione opposta.

Ciò fece alzare le mani di Rachel sopra la sua testa.

Niente di troppo doloroso, ma abbastanza per impedire a Rachel di muoversi.

"Confortevole?" Chiese Samantha con un mezzo sorriso.

Rachel quasi tremò mentre stava in piedi con le mani legate sopra la testa.

"Mi fanno male i polsi."

"Fa male perché stai combattendo. Rilassati. Concediti."

Samantha aprì un cassetto vicino e cercò all'interno.

Estrasse un coltello e si diresse lentamente verso Rachel con un sorriso malvagio, agitando l'oggetto affilato.

"Oh mio Dio!" Rachel ansimò spaventata, pensando che sarebbe accaduto qualcosa di orribile. "Per favore, no! Mio Dio! Mio Dio!"

"Non essere sciocco. Non ti farò del male. Beh, non nel modo cattivo."

Samantha portò il coltello in cima al vestito di Rachel.

Poi ha tagliato, dividendo il vestito a metà.

Samantha mise il coltello su un tavolo vicino, quindi aprì la parte superiore del vestito, esponendo i due seni rotondi di Rachel.

"Ora sembri una vera puttana" sorrise Samantha. "Trucco cornea, bei capelli, tacchi costosi e un vestito strappato che espone le tue vecchie tette cadenti. Tutti i segni di una puttana. Non sei d'accordo?"

Rachel annuì nervosamente.

"Sì."

"Seguo sempre la regola dei dieci centimetri. Dimmi, quanto è grande il pene di tuo marito?"

"Circa sei pollici," ammise Rachel.

"Roger ha dodici centimetri, quindi aggiungo altri dieci centimetri. Per un totale di ventidue centimetri."

Samantha aprì un altro cassetto per prendere un dildo da sei pollici.

Lei lo guardò, sbalordita dalle dimensioni.

Quindi si mise una cinghia attorno al cavallo e si legò al dildo da sei pollici.

"Me lo metti dentro?" Chiese Rachel nervosamente.

"Ho intenzione di rovinarti con quello," rispose Samantha, applicando lubrificazione all'oggetto sessuale. "Hai mai fatto sesso stando in piedi?"

"Non."

"Un'altra prima volta."

Samantha stava di fronte a Rachel.

Erano faccia a faccia, a pochi centimetri di distanza.

Samantha era al sicuro e calma.

Rachel era un disastro nervoso.

La tensione sessuale era densa nell'aria.

Samantha si sporse in avanti e diede a Rachel un grande bacio sulle labbra.

All'inizio è stato fluido.

Quindi più appassionato.

Poi è diventato più ruvido.

Samantha si morse delicatamente il labbro inferiore di Rachel.

Poi hanno continuato a baciarsi con le loro lingue.

Mentre si baciarono, Samantha abbassò le mani e sollevò il vestito di Rachel.

Quindi guidò la punta del suo rubinetto da cintura verso le labbra di Rachel.

Rachel allargò le gambe in piedi.

Il dildo indicò la sua figa.

"Ora ti penetrerò," sussurrò Samantha nell'orecchio di Rachel.

"Sii gentile."

"No", sussurrò Samantha.

Mentre le due donne rimasero intrecciate, Samantha diede una forte spinta ed entrò nella figa di Rachel, provocando un sussulto udibile.

Samantha diede un'altra spinta ed entrò di più.

L'oggetto sessuale si stava approfondendo.

Ad un certo punto, l'oggetto sessuale di ventidue centimetri era completamente sepolto all'interno della figa.

Rachel gemeva e le sue gambe si agitavano.

Samantha ha mostrato la sua forza fisica afferrando saldamente le due cosce di Rachel a mezz'aria.

Rachel era completamente sollevata da terra, con le mani che pendevano dalla corda sul soffitto.

I suoi piedi e talloni si agitarono selvaggiamente con Samantha che le teneva le gambe.

"Non combattere," disse Samantha, sollevando la casalinga in aria. "Più combatti, più ti farà male. Arrenditi a me."

Samantha si appoggiò allo schienale e diede un'altra spinta, spingendo il dildo più a fondo nella sua fica.

Le mani di Samantha mantennero un fermo fermo sulle gambe di Rachel.

Rachel rimase a mezz'aria mentre la dominatrice la penetrava.

Erano fottuti.

Si guardarono negli occhi.

Rachel piangeva e gemeva.

Ma non ha mai detto a Samantha di smettere.

Non osava, ma non voleva neanche.

Faceva parte dell'allenamento e cominciò a sentirsi piacevole mentre il suo corpo si adattava alle dimensioni.

I suoi capelli erano arruffati, così come i suoi piedi.

Gli piaceva essere scopato da Samantha.

Il suo corpo era in fiamme.

I polsi di Rachel fanno male.

La pelle intorno ai suoi polsi stava diventando di un rosso intenso mentre il suo corpo pendeva a mezz'aria.

Ma il dolore ai polsi non era niente in confronto alla sensazione che provava la sua figa.

Il grande sex toy stimolava i nervi all'interno della sua figa che non sapeva mai esistere.

Le spinte continuarono.

Lei urlò e urlò.

Lei pianse e pianse.

Lei gemette e gemette.

"Vieni per me", disse Samantha, guardando la casalinga con piacere. "Vieni per me, vecchia puttana sporca."

Rachel si spinse sui fianchi.

"Non sono vecchio!"

Un orgasmo attraversò il suo corpo.

Rachel urlò in cima ai suoi polmoni.

La sua schiena si inarcò violentemente.

Lanciò le scarpe col tacco alto attraverso la stanza.

I liquidi della piccola figa di Rachel schizzarono ovunque, lasciando un lavoro serio per la donna delle pulizie.

Quando l'orgasmo si placò, gli occhi di Rachel tornarono indietro e il suo corpo si rilassò.

Samantha lasciò il suo abbraccio e Rachel restò appesa quasi svenuta alla corda attorno ai suoi polsi.

Samantha abbassò la corda e il corpo semi-cosciente di Rachel giaceva a terra in una pozza di succhi caldi.

Quando Rachel riuscì ad aprire gli occhi, vide Samantha togliersi il corsetto, completamente nuda.

Rachel non poté fare a meno di invidiare il perfetto corpo nudo di Samantha.

Samantha si sedette sul pavimento e giocò con i capelli di Rachel.

"Roger è fortunato ad avere una puttana orgasmica come te," sorrise Samantha completamente nuda.

"Non sono mai venuto così prima. Mai."

"Sono contento di averti potuto servire per questo. Ma ricorda, io sono la dominatrice, tu sei la sottomessa. Questo è per mio piacere, non tuo. E finora non sono ancora arrivato."

Rachel alzò un sopracciglio.

"Cos'hai in mente?"

"Hai mai mangiato una figa?"

"Non."

"Che vergine sei in tutto. Strisciante verso di me. Metti la tua faccia tra le mie gambe."

Rachel fece quello che le era stato detto di fare.

Strisciò finché il suo viso non fu a pochi centimetri dalla sua figa.

"Baciami le labbra", ordinò Samantha, riferendosi alla sua stessa vagina. "Adoro il fatto che mi baciano."

Rachel obbedì, baciando lo strato esterno della figa rasata di Samantha.

"Leccalo come un ghiacciolo. Quindi tieni la lingua dentro come se non avessi mangiato da giorni."

Rachel seguì gli ordini, leccandosi la figa e testando i liquidi esterni.

La sua lingua sentiva ogni punto sulle sue labbra.

Poi ha bloccato la lingua dentro, leccando e succhiando.

Era la prima volta che mangiava una figa e si rendeva conto che aveva un buon sapore.

"Va bene," gemette Samantha. "Continua così. Continua a leccare come un buon gattino."

La casalinga, una volta pudica, primitiva e adatta, era rapidamente diventata un esperto mangiatore di vagina.

Ha leccato e succhiato con entusiasmo.

La sua lingua accarezzò su e giù.

Pochi istanti dopo arrivò Samantha e lanciò un grido acuto.

Le sue gambe tremarono, poi si rilassò.

Gli occhi di Samantha si illuminarono.

"OMG. Chi sapeva che potresti farlo in modo così naturale?"

Rachel sorrise e appoggiò la testa sulla coscia di Samantha.

"Sai bene".

"Quindi pensi?" Samantha chiese retoricamente.

Rachel baciò la coscia della dominatrice.

"Sì."

Le due donne hanno continuato il loro momento di reciproco conforto.

Rachel chiuse gli occhi e appoggiò la testa sulla coscia della dominatrice.

Samantha guardò la bella casalinga e si accarezzò i capelli.

CAPITOLO 14

Giorni dopo.

Dopo aver raccolto i suoi bagagli, Rachel spinse un carrello con dentro due valigie: una con i suoi vestiti normali e l'altra quella che Samantha le aveva regalato.

Vide suo marito aspettare fuori.

Furono restituiti grandi sorrisi.

Roger era felice di vedere sua moglie così ben abbronzata e rilassata.

Corse da Rachel.

Lei fermò il carrello e gli diede un grande abbraccio soffocante.

È stato un momento speciale.

Voleva quel giorno essere un nuovo inizio per il suo matrimonio.

"Mi sei mancato così tanto" disse Roger.

Rachel avvicinò le labbra all'orecchio e gli sussurrò: "Mi porterai a casa e mi legherai al letto nella stanza. Poi mi metterai il cazzo in gola. E poi mi fotterai. Capito?"

Fece un passo indietro per dare una buona occhiata a sua moglie, stupita dal suo linguaggio sporco.

C'era uno scintillio speciale negli occhi di Rachel.

Una fame

Lussuria.

Roger si rese conto che sua moglie era una donna diversa.

Roger annuì, accettando l'invito.

Rachel sorrise e lo baciò.

FINE

www.ingramcontent.com/pod-product-compliance
Lightning Source LLC
LaVergne TN
LVHW041025150826
845672LV00001B/210

* 9 7 9 8 2 3 0 7 2 4 1 7 9 *